GAEA

GAEA

案簿錄 參
掙扎
ストラッグル。
護玄──著

掙扎 案簿錄 參

目錄

人物介紹

虞因
大學生，有自然捲，髮色大多時間是褐色的(萬年染色款)。性格愛玩有點衝動，經常和同學出入夜店與夜遊，不過遇到正事時又很沉得住氣。有陰陽眼。
少荻聿
高中生，黑直髮紫色眼睛。皮膚白皙，有外國血統。因為家裡發生滅門慘劇受到很大打擊，變得不願/不能說話，但是個性細心，在語言方面很有才華。

虞夏
虞佟的雙生兄弟，阿因的二爸。警員，脾氣非常暴躁但辦事效率極佳，指著他叫小鬼必定會被揍。目前在刑事組任職，幾乎整年都在跑現場查案。
虞佟
阿因的父親。警員，黑髮娃娃臉(有著高中生般的面孔)脾氣非常溫和，擅長烹飪，因為曾經重大車禍關係所以視力衰弱。
嚴司
撈過界的法醫，暫時到本市警局支援法醫工作。興趣是遊玩人間，不過經常加班趕工沒得玩。

這個世界上，有些事情無法完全按照自己心意而行。

就算擁有全然的對，也無法得到最終完美的結果。

有時候，我們只能在混濁的泥沼中，掙扎著用盡力氣，將手上最重視的唯一，乾乾淨淨地、放上不被污染的地方。

即使，那些事情已無關自己。

那是很普通的日常。
老舊的校舍與幾乎已經看厭的跑道，褪色的畫面就像那種發黃的單色相片。
他們在那處不會被發現的老位置。
其實他已經有點厭煩了。
如果可以擺脫這些事情，他肯定會去做。
只要，遠離這種生活。

□

他聽見細微的聲音。
那是很小的爪子刨著木板，從門縫卜斷斷續續傳來的聲響。
「肉乾……不要吵……」

迷迷糊糊地翻了個身，他咕噥地說著。

像是沒聽見他的聲音，外面的抓門聲更加急促了。

勉強睜開一隻眼，他摸索著，在黑暗中拿到了床頭櫃上的時鐘，時間是夜半三點整。

門外的聲音加劇，從原本的一個聲音變成兩個，當中還有搆到門把的聲響。

這種大半夜，他家兩隻同居者卯起來吵鬧也不知是什麼原因。呼了口氣，他離開暖暖的被窩，在黑暗中摸到了開關，點亮了床頭燈。似乎是看見了房內動靜，外面的聲音更大了。

「來了來了……」打了個哈欠，他爬下床，支著身體勉強走向門口，一開門，迎面而來的就是幾聲壓低的狗吠聲。「怎麼了？」他家的狗不會隨便亂叫，這也讓他完全清醒過來。

幾乎半身大的黃金獵犬一口咬住他的袖子，反常地往外拉。

「怎麼了怎麼了？」還沒搞清楚狀況，喵地一聲就從旁邊撲上來，黑暗中發亮的眼睛特別明顯，直接撞在他臉上。

不曉得爲何今夜家中的兩個成員如此反常，他按住臉側的貓，就這樣被狗拖著往走廊踉蹌地走了幾步，貓才從他的臉上跳下，還送他一爪子讓他徹底清醒。

「有小偷嗎？」看著兩隻坐下來的一大一小，他揉著臉，卻沒聽見什麼可疑的聲響。

按亮了走廊燈，仍然什麼都沒有。

屋子擺設簡單，二十五坪、兩層樓，三十年屋齡，沒太多裝潢，三房一廳，大致五分鐘後，也在樓下走了一圈的他就確定屋內什麼也沒有。

正想回房間繼續補眠，跟在身旁的貓狗又焦躁了起來。

「房間裡面有老鼠嗎？」蹲下身，他摸摸一貓一狗，大狗焦急地發出嗚嗚聲，貓……貓用一種好像在看白痴的表情看他。

按著牆壁站起，他緩緩地呼了口氣，正想走回樓上看看狀況，猛一抬頭，只看見有人站在二樓台階前。

不知何時，二樓的走廊燈已經熄滅，他只看見黑色的人影靜靜地站在原地，低著頭，紅色的眼睛俯瞰著他們。

身邊的狗和貓幾乎同時發出恐嚇般的咆哮聲。

「請你立刻離開，報案的話，會對你比較麻煩。」

即使這樣說，站在那裡的人影還是動也不動。

挑起眉，既然對方如此不怕死，他也很直接地踏上樓梯。

就在踩上台階的那一秒，上層的人影突然嗖地聲消失無蹤。

疑惑地拾階而上，他在最終一階上看見了許多暗褐色的泥土，稍微有些濕潤，就這麼突然出現在原本乾淨的樓梯上。

「什麼東西……」

1

最早時候的認識，很簡單。

就和每天出門總是會看見新的朋友一樣，世界比自己想像的還要廣闊。

人也比自己知道的還要多。

總是會在下一個轉彎碰見不同的人，總是會在下一個時間中遇見不同的事。

所以，自己從來沒意識到，所謂的一樣會成爲不一樣。

□

他聽見細微的聲音。

低低的，無法分辨。

猛一回神，虞因才發現自己在課堂上發呆一陣子了，這堂課的教授很鬆，大概是以製作實物作品為課程重點，所以就算旁邊的阿關已經睡到都打呼了，也沒有被打醒。

「欸欸，晚上要不要一起去唱歌吃飯？」坐在一旁的李臨玥大概也無聊了，低聲開始找他聊兩句，手上正在折鐵線的動作倒是沒停，「新男朋友請客喔，還有很多漂亮妹妹，好事才找你。」

「免了，下課之後有事。」毫不猶豫就拒絕友人的免錢邀約，虞因瞄了眼時間，幾乎在同時響起了下課鐘。

「嘖，幫你介紹點女朋友，你才不會都跑去做傻事啦。」看著教授離開教室，李臨玥也乾脆把手工丟到一邊，笑嘻嘻地搭上朋友的肩膀，「阿因大哥哥，這次這個妹妹很居家喔，三圍美好、喜歡下廚、閱讀，還是大家庭的姊姊，很喜歡小孩子。」

「妳該不會也跟對方說我喜歡小孩子、家裡幾口人之類的吧。」語氣平板地盯著對方，虞因撥開肩膀上那隻手。

「這個嘛……當然沒有，你是蘿莉控的事情我也沒講……」

「誰是蘿莉控！」青筋直接爆出來，虞因突然很想朝惡友的脖子掐下去。

「唉呦，沒說啦，放心，我很保護朋友的。」義氣地拍拍友人的肩膀，李臨玥完全無視白眼，一副「她很義氣」的表情拍拍胸口，「總之，真的是個很好的女孩子，其實她也不跑趴和聯誼，這次是我的好姊妹硬拉著她才有這個機會的。」

看著眼前的死黨，虞因眞的不知道該不該破戒打女人，「如果是好女孩，拜託不要把人家拉進這種窘況，妳最近是想當媒婆還是心動一百啊，不要亂玩。」他就算想要女朋友也不想要這樣被人押著湊對啊！

聳聳肩，李臨玥笑了笑，「算了，你今天有事就改天吧，我第一眼看到時覺得這個女生眞的很適合你啦，有機會的話再見面看看吧。」對方可是她本人鑑定過掛保證的，好對象才會推薦給最近一直自閉沒交誼的某傢伙。

「……我還以爲某人要把我當備用老爸。」

「唉呀，雖然是想著備而不用，不過在當老爸之前，多交幾個女朋友體驗一下青春人生也不壞啊，不然一眨眼青春年華就過了，以後老了想混都沒體力。」

「少扯了，總之別亂搞。」還想混沒體力咧，沒好氣地再度警告對方不要亂來，虞因也不知道第幾次後悔自己誤交損友。

「再說啦。」

揹著包包離開教室，虞因看了手錶，下一堂沒有排課，所以中間空堂可以先去圖書館把一些作業報告打起來。

今天聿去幫嚴司打包搬家，所以他上完最後一堂課得趕快去幫忙，順便載聿去吃晚餐。最近大爸、二爸的工作依舊很忙，早上虞佟出門前還特別交代他們幫忙嚴司後就盡快回家，不要在外面逗留太久，好像是飆車族的問題有點嚴重，所以他家大爸和幾個單位一起去支援交通組了。

話說回來，虞因有看過那間新房子，不久前某渾蛋法醫硬是拉著他去鑑定什麼陽宅會不會變陰宅之類的，所以他大概是第一個到過嚴司新家的人。

不得不說，渾蛋果然還是受到上天眷顧的，那房子眞是好到讓人嫉妒。

咬著糖果轉進另外一棟校舍，遠遠地虞因就看見走廊另一端有認識的人，但是對方目前狀態似乎不方便上前去打招呼。

站在盡頭的一太旁邊有兩、三個女同學拉著他在講話。

因爲有點距離，所以虞因也沒聽見他們在講什麼，就是覺得那三個女生好像有些激動。

「呦，你站在這裡幹嘛？」

背脊猛然被人一拍，回頭才看見是阿方，大概是剛打完球，渾身是汗，「沒課嗎？」

「喔，正要去圖書館。」指指一太那邊，虞因聳聳肩，「本來想說要不要打個招呼。」

阿方跟著看去，「那好像是資管系的……不過平常好像是四個人，今天怎麼少一個？」

「很有名嗎？」抓抓臉，虞因覺得自己好像都沒看過，明明那個死阿關沒事就會在旁邊唸說哪一系有馬子可以聯誼的。

「你大概是臨玥那個校花看久了，所以對一般漂亮的女同學比較沒注意吧。」似笑非笑地說著，阿方搭著他的肩，往圖書館的方向轉，離開了走廊，「資管系一年級有名的四美女，很多男同學追，不過都有男朋友了，今天少掉那個是四人中最漂亮的，她男朋友是小海店裡的小弟。」

「你大概是因爲小海的小弟才知道有那四個女生吧。」虞因有點好笑地回應。依照阿方的個性，說不定他對籃球的興趣大於女性，從以前認識到現在都沒看過他身邊有女友什麼的，倒是偶爾會有追求者在附近繞，過陣子又會消失。

「也算是。」搭著人走到圖書館前，阿方才放開手，「對了，你爸爸他們最近會不會很忙？」

「一直都沒閒過啊，怎麼了？」有點意外阿方會突然提到他家大人，虞因反射性地挑起眉，「該不會又有什麼鬥毆、死人之類的事情吧？」

「倒是沒有。」頓了頓，思索了幾秒後阿方才開口：「算了，也沒什麼問題。總之你自己也小心點吧，最近受傷次數似乎也太頻繁了，這樣不太好。如果有什麼需要幫忙的儘管開口，別什麼都想自己一個人擔，有些事情我們也都可以幫得上忙。」

有頻繁到每個人都要這樣提醒他嗎……

虞因抓抓頭，有點尷尬，「謝啦。」

「那就先這樣啦，改天有空一起打球，掰。」拍了對方一下，阿方爽朗地笑了笑，轉頭就離開了。

呼了口氣，虞因抹抹臉，最近眞的混得太凶了，雖然不是他願意的，不過還是努力先跟上學校進度吧，否則被延畢就太淒慘了……先不說學業慘，光是他家二爸那關就會無敵慘，會變成怎樣都不敢想像。

正想轉頭走進圖書館時，一連串貓叫聲突然傳來。

回過頭，虞因看見圖書館側邊有幾隻野貓，大概是貓打架。不過遠遠看見有隻滿顯眼的白毛灰黑條紋貓，和旁邊的野貓不太一樣，看起來應該有人飼養，有項圈、毛皮也很乾淨，最微妙的是一隻貓槓周邊三、四隻野貓，也不知道是怎麼回事。

看起來貓群好像很不友善，虞因直接出聲驅逐了整群野貓，那隻貓也跟著一哄而散。

大概是附近學生養的吧。

聳聳肩，他踏入圖書館。

□

新聞快報，飆車族再現蹤，警方加強夜間……

「差不多了，這箱幫你放書櫃應該可以吧？」

「好，謝了。」

按掉了新聞廣播，嚴司用力地呼口氣，打量著整理得差不多的新房子。

在蘇彰的事情過後，原本他沒打算搬家的，但是在虞夏提議後，他身邊的親朋好友、包括他工作室的學弟學長學姊們都一致散發出「不搬家可能馬上會死掉」的氣魄逼他快點換地方，連工作室清潔的歐巴桑路過都會問他搬家沒。經歷了幾星期的精神攻擊，嚴司只好摸摸鼻子順應眾人心願……也不能說順應，他有種如果沒有照做好像會出什麼意外的感覺，所以還是難得聽一次大家的話好了。

也不知道算巧還不巧，剛好他無聊開車亂轉時又看見順眼的小房子，詢問之下條件和租金都不錯，而且離工作地點還頗近，叫了虞因來確定房子沒問題後，也就很爽快地開始搬家大業了。

「不過這房子還眞的很不錯耶，沒想到還租得到這種屋子。」一邊從箱裡拿出書籍放進書櫃，楊德丞一邊環顧四周，眞心覺得這眞的是個好地方，「拿來開餐廳應該很有味道。」

這是幢日式小屋。

剛看見時楊德丞也有點驚訝，完全沒想到嚴司會找到這種幾乎只剩下造景餐廳或是什麼觀光景點才會出現的建築物，只有一樓的高度，三房一廳還附有很漂亮的造景小庭院。雖然說是日式，不過也不是那種完全傳統日式，是後來有改建加固過的屋子。

房東是個五十多歲、看起來很福態的大叔，就住在小屋隔壁的豪華別墅裡。

聽說這棟小屋是房東父母以前的住所，早期阿公阿嬷的年代仍受日本教育，房子原是傳統日式建築，擔任教師的阿公就住在這邊。後來時代變遷，房子也經過幾次修建，附近相似的屋子都已拆光光、只剩這裡，傳到父母手上後也對小屋愛護有加，特別愛惜庭院造景。

後來房東長大經商賺了很大一筆，就在隔壁蓋了大別墅，把父母請過去住，但是捨不得這間小屋，就閒置下來了，放了好幾年當蚊子館。平常長輩們還是會天天打理庭院和清潔房子，房東也會花錢定期維修更新，所以看起來仍非常漂亮乾淨。

嚴司之前看到的時候也研究了半天，確定房子應該是沒人住，但是又有人打理，好奇之下去問，才問到了這是間空房子。

也許是和房東一家滿投緣的，聊了兩天之後人家也爽快地把小屋租給他，說是有人在裡面走動增加人氣對房子也好；而且因為房東不缺這筆錢，租金異常便宜，只開了兩個條件——讓老人家維持現狀每天都去照顧小庭院，還有不准破壞房子任何一處。

對在家只有睡覺的嚴司來說還滿容易的，就這樣拍定了。

大概是第一次把小屋租給別人，房東還興致勃勃地幫他把一些陳舊的衛浴設備都換了，也聽說過之前他遇襲的事，還好心地多架了兩台監視器，說他家外面也有專用保全架了十幾台，多他這兩台沒差。

「有時候某些人的運氣就是好到天怒人怨啊。」大致上告一段落，拿著點心走出來在走廊上坐下，楊德丞發出了感慨。這種好事他怎麼就遇不到……

坐在一旁的聿跟著點頭，順手接過對方遞來的甜品。

「喂喂喂，起碼好運是我自己爭取來的好不好。」直接在旁邊一屁股坐下，嚴司嘖了聲：「要是你們看到，絕對會直接路過而已，連問都不會去問。」人生就是這樣，沒去開創哪會得到什麼有趣的東西。

「……老大，人家房子外也沒有貼招租，看起來也好像有人住，誰會大宇宙意識發作突然跑去問這個是不是空房子。」嫉妒加羨慕的楊德丞沒好氣地瞪了隔壁傢伙一眼，深深認爲老天就是不公平，竟然如此眷顧這人見人想揍的渾蛋。

這種日式風味的房子感覺就是不一樣，光待著就給人沉靜感，骨頭都懶惰起來。

「其實會租給我還有另一個原因啦。」嚴司看著旁邊妒恨的傢伙，笑了一下，若有所思地開口：「……算了，我想關係不是很大。」

「不過說起來，雖然有加裝監視器，但是房子本身沒有特別安裝鐵窗防盜之類的，圍牆也不算太高，會不會很危險？」再度回歸正經，來幫忙時就把房子整個看過一圈，楊德丞對於安全性感到有點憂慮，「大樓那種有警衛的地方都被闖了，這裡其實很不安全。」如果不是嚴司堅持要搬這裡，他們本來還要勸說他再換個地方。

結果這個渾蛋居然說什麼天命不可違，既然老天給了房子就要在這邊定居，不然可能會有不可預期的各式各樣災難，還會順便牽連別人一起下水下海下刀山之類的等等……於是就沒人想勸他了。

正確地說，大家心裡八成就只剩下「管他去死」這個選項了。

「這個你放心，隔壁聽說有私人警衛和保全，巡查時也會連這邊一起走一圈。」嚴司抓抓臉，就知道他們這些擔心過度的人一定會強調什麼安不安全的問題，所以租下來前他還特地抓虞因來幫忙看看，連另外一種安全都先確定過了。「而且好像前兩年常常被飆車族砸玻璃，房東一個奇檬子不爽就把玻璃都換成強化玻璃，還滿穩的其實。」

「你房東眞的很有錢耶。」楊德丞轉頭看向旁邊的豪華別墅，起碼比小屋大了好幾倍，還是五層樓，坐擁巨大花園。

「喔，是啊，好像投資很多電子股和醫療商品，也有炒地皮蓋大樓，很肥的那種。」如果不是因爲這間小屋有特殊意義，大概早就被房東鏟掉了吧，嚴司有這種感覺。

無言了一下，楊德丞收回視線，「對了，你假放到哪時候？」之所以會挑今天搬家，是因爲隔壁這傢伙好像換到了不短的假期，剛好可以一次把所有該做的事情都做完。

「下禮拜的這時候。」

他還有得玩呢。

□

一如往常的工作。

週二下午，地方轄區通報有屍體，於是出去了幾個人做蒐證，是很尋常的業務。

阿柳瞄了一下時間，也差不多應該回來了。

這具屍體被今天早晨一名練跑的運動者發現了，如果不是因為他今天臨時想換新路線，或許很久之後還不會有人知道。

地點是在山邊小路側斜坡道，長滿了樹與雜草，雙向通道平常不多人使用，位置也滿偏僻的。

一開始，他以為那只是沒有公德心的民眾亂丟的大型垃圾，畢竟這種狀況隨處可見，廢棄物什麼的不好好處理，趁著夜半或四下無人時隨意丟棄並不是罕見的事。

但是很快他就注意到不對勁，靠近一看之後，即使膽大的他都不免大叫出來。

那是一具屍體，穿著灰色上班族套裝的女性，四處沒有任何可證明身分的物件，屍體呈現半腐爛狀態，一看就知道已經死亡有些時間了。

所以一大早虞夏就接到召喚，直接從家裡出發，而正要回家的玖深也被點名，一臉哀傷地跟著幾個同僚出去了。

會直接指名要他們過去是有原因的。

「回來了，累死人。」

正抽空思考今天案子的阿柳一抬頭，就看見玖深拖著腳步走進門，活像行屍般慢慢走進來，「現場如何？」

「很多很多的垃圾……」玖深苦著張臉說著：「幾乎都是廢棄垃圾，超多的，找半天沒有找到什麼。那裡不是第一現場，不過也有收一些回來，還有一些人留在那邊擴大搜尋。我等等要去梧桐那邊拿死者的衣物回來檢驗……怎麼會有那麼多人喜歡亂丟垃圾，把垃圾好好處理完有那麼難嗎？」

他們到達時，現場已經拉起封鎖線，不意外地，媒體也已經在那邊等候。

當然也沒必要去打招呼啊做交誼什麼的，玖深很認命地就是戴上帽子、手套開始處理。很快地，他們就發現了現場雖然垃圾很多，但並不是第一現場，是很典型的棄屍地點而已。

初步從屍體上的蠅蟲和腐敗的樣子來判斷，大概死了有十天，加上有被動物啃咬過與該地區似乎下過雨，屍體狀況並不是很好，整個現場更瀰漫著垃圾的惡臭與腐爛的氣味。

「所以真的是嗎？」接過友人的相機，阿柳打開電源看存在裡面的現場照片。

「還不能確定，不過老大他們的臉色都很難看。」嘖了聲，玖深比比後頸，「一樣，兩刀。」

看到屍體近攝的照片，阿柳看見了熟悉的刀傷，後頸一刀、橫切一刀，雖然已經爛得很嚴重，但還是很明顯，這就是轄區緊急通報他們的原因。

「黎檢說阿司還在放假搬家，所以轉給梧桐，還叫梧桐不要讓阿司攪和進來。」用力拉了拉筋骨，玖深苦著張臉，「怕對方又找上阿司或阿因……我看是最怕阿司又去挑釁吧。」

盯著傷口旁的尺標，阿柳皺起眉，「你覺得是本人嗎？」

「不曉得耶，總覺得有點怪怪，反正很快就會知道了。」接過友人遞還的相機，玖深苦命地思考著到底要先衝去睡兩個小時還是先工作……但是他昨天已經開夜車了，等到發現時自己已經一個人在實驗室裡蹲了整個晚上，然後又出勤，有種快要翹辮子的感覺。抹把臉，想想還是先整理一下帶回來的東西好了。

「對了，老大還好吧？」

「唔……今天看起來是還好啦。」抓抓臉，玖深嘖了聲：「是沒有什麼不對，但是壓力應該也滿大的。」

最近，虞夏被督察室的人盯上了。

之前大家都有默契無視虞夏多年來凶殘的行徑，在無數次胃痛之後連局長也都摸鼻子扛了，督察室的人也一樣。不過最近調換過來個新人員，聽說之前待的舊單位出了問題，靠關係轉來這邊避風頭，來了之後老是看虞夏不順眼。

對此，身爲兄長的虞佟只淡淡地說，如果這樣可以讓自家兄弟收斂點就好了，但是他比較怕他兄弟去打長輩，要大家幫忙看著點。

唯一慶幸的是，對方負責的是督察室的行政事務，所以接觸的機率比較不大。

「老大應該不至於去揍快退休的人吧。」不抱著希望冷笑了下，阿柳只覺得還好他們身在鑑識單位，不過也可惜看不到有人打督察員。

「不……不會吧。」

應該不會。

玖深開始有點想爲那個督察員祈禱了。

□

「阿司，有你的東西。」

傍晚時，虞因來接聿順便繞去餐廳幫忙送東西，打理工作告一段落、較晚離開的楊德丞正好遇到停在門口的宅配車，順便幫友人簽收。

一轉頭他就看到嚴司不知道在和誰講電話，大概過了片刻才掛掉通話走過來。

接過包裹，嚴司就站在門口拆開，「朋友送的搬家賀禮。」

「水晶燈？」看著裡面透明發亮的高價品，楊德丞挑起眉：「你朋友也神經太大條，這種東西沒包個緩衝的嗎？」他第一次看到有人直接把水晶燈丟在紙盒裡，還這樣運送過來。某方面來講，宅配公司也很厲害，竟然就這樣沒損傷地送到，不知道該說好運還是怎樣。

「是啊，她神經還滿大條的，之前跟男朋友吵架還自己跑去山裡差點罹難，如果不是遇到我和我前室友剛好要去看日出，現在草應該也已經長得這麼長了。」嚴司認同地點點頭，看了一下上面的卡片，差不多就是寫著恭喜搬遷之類的字樣。

「還有束花。」正要離開時，楊德丞突然注意到旁邊的牆上擱著一束花，還滿大束的，幾乎是一人環抱那種。「看不出來你人緣還真好。」他還以為依照嚴司的交友模式和態度，人家比較可能會送花環和罐頭塔來。

起碼他就是想這樣做的那個。

嚴司直接單手把那束有點重量的花抓起來往友人頭上打下去，「你說這種話好像我人緣好很不應該，人總是會有一、兩個可以信賴的傢伙啊。」

「……」那個信賴的傢伙直接把花放著就逃逸嗎？楊德丞覺得自己的評估還是很正確的。「總之飯我已經弄好放在你的廚房裡，吃飽就乖乖上床去睡覺不要亂做別的事情。」尤其是奇怪的事情，他默默在心中補上這句。

「說到飯，小東仔狀況應該還好吧？」之前再度遇到他前室友的學弟後，嚴司抱持著「你學弟就是我學弟，自己人就幫你忙」的心態幫他叫了幾次外賣，還都叫楊德丞家的，看他人眞好。

「……你覺得我的店外送到東海那一帶很划算嗎，我眞應該收你一筆交通費！」其實他應該掐死對方，好讓自己壽命可以不要常常縮短。楊德丞沒好氣地哼了聲：「我請阿因幫忙跑幾次腿，看來應該是還好。」剛剛也是這樣拜託虞因的，所以兩個小的才會先離開——之前交代自家店員送去，兩個小時店員回來後報告被甩門，飯菜一點不缺地又送回來，他還要貼個外送錢給碰了一鼻子灰的店員。

後來問了一下黎子泓，就拜託虞因去送，立刻改善這個狀況，只不過不知道那些外賣是進肚子還是進垃圾桶。

「何必這樣，朋友間彼此幫忙一下嘛，改天我再請你吃大餐。」雖然跟開餐廳的人這樣說有點奇妙，不過嚴司知道對方喜歡到處去吃別人的東西順便當參考。

「你完蛋了，交通費累積起來的大餐是很高檔的。」楊德丞開始思考市內最高檔的那幾家餐廳。

「好啦好啦，看你要點哪家自己挑啦。」

「你自己住小心點……」

送走楊德丞之後，嚴司才把大門整個鎖上。

走回安靜的屋裡，環顧著已經整理得差不多的新房間，他笑了下，撥手機給稍早時聯繫的人，然後把玩著那束花。

「……學弟，剛剛有奸細在這裡，現在把屍體的狀況給我完整地說出來吧。」

才不管手機那邊傳來的哀號聲，他加深了微笑，「我前室友叫你不要講也不要給我資料嗎？你每天看到的是我的臉還是我前室友的臉啊？不如自己考慮一下，學長我佛心一點給你三十秒的時間，讓你思考一下人生是不是還有很多事情要做。」他眞是好學長，還要自費三十秒的空白時間費。

五秒之後，遠在解剖室的人就把目前的狀況一五一十報告過來了，還附上好幾張剛出爐的照片。

看著似曾相識的兩刀傷痕，嚴司瞇起眼，「詳細呢？」

通話那端傳來了還在排隊的回答，他們手上其實還有另一個急件，目前人手缺乏中。

隨手推倒了那束花，其實並沒有包裝得很仔細的血紅色花朵在包裝紙撞開後瞬間散了一地，像是一灘血潑出來。

他蹲下，從枝葉下抽出了張千元大鈔，鈔票的中心被利器插穿了一個洞，像是咧了張嘴衝著他笑。

所以，一開始他就講過搬不搬家根本沒差啊。

又向學弟問了一些訊息後，嚴司才切斷通話。蒼白的燈光下，那些血色的花朵看起來實在令人不快。

「有夠沒品味的，送這個是能看嗎？」最起碼也挑優雅點的花，竟然給這種大紅玫瑰，「抓到要多加一條毀損國幣。」

將大鈔翻過來，後面用黑色的筆寫著英文。

——故事開始。

2

一開始的認識，非常地平凡無奇。

就和轉角街頭會上演的一樣，來來去去的過客們總有一天會因爲某些事碰在一起。

那時候什麼事情都還不懂，對於成人所說的價值觀還相當模糊。

只知道，原來有人和自己相同。

大小相同、看起來也相同，差距並不那麼大，搭肩跑出去，步伐也不會有任何差異。

在極度晦暗的環境裡，肩並著肩，好像就能得到掙脫的輕鬆。

□

聽著眾多飆車族呼嘯而過，正在等現金報酬的東風回過頭皺起眉。

最近飆車族眞是越來越多了。

看了下掛鐘，也不過才晚間八點多。

刺耳的吵雜聲不斷傳來，然後蜂擁地朝著另一端遠去，有時候會讓人覺得好像是什麼急促的生物在遷徙，過境時震撼十足。

他很討厭這種噪音。

「久等了，這是你的酬勞。」打斷了等待者的思考，從店後頭走出來的是個中年婦人，帶著親切的笑容，將手上一包信封袋交到他手上。「眞是多虧你幫忙，黎先生說你的手藝很好，本來還以爲他在開玩笑，沒想到你眞的可以幫我們客戶做出指定的雕塑品。」

「沒什麼。」打開了信封，看著裡面的千元大鈔，東風皺起眉，「神經病客人。」他只不過是照著相片複製出一模一樣的雕塑給對方，竟然就開給他幾萬的價位。

婦人笑了下，「什麼樣的客人都有，有時候紀念性的物品對他們來說價值不只如此。這位客人相當有錢，但是錢再多也阻止不了火災燒壞死去孩子替她做的母親人偶，你連上面的手紋都幫她完美重現了，客人眞的很高興，聽說在這之前她已經跑了好幾個地方求人家幫忙重製，沒有一個做得出來她想要的。」

就算完美也不是原本那一個，只要是實體物，不管是什麼東西，消逝了就是不存在，就算做得再像也都是另外一個，所謂一模一樣不過就是活人的自我安慰而已。

雖然想這樣講，但東風還是沒有開口，只從裡面抽出一些鈔票放在櫃台上。「抽成。」

「眞是謝謝你。」收下大鈔後，看著眼前太過年輕乾瘦的男孩，婦人不禁好奇喚住對方正要離開的腳步，然後再端了杯果汁出來，「你也是黎先生……嗯……那邊出來的人嗎？」

東風皺起眉，「他是我以前的學長。」

「唉呀，不好意思，因爲黎先生推薦了好幾次，我還以爲是和我們一樣重新回到社會的人。」拿出了朋友送來的蛋糕盒，婦人殷勤地切了塊請他，就是看不慣小孩子瘦成這副德性。「黎先生眞的是個好人，當初我剛出來都不知道該怎麼辦——我先生是個酒鬼，賭博欠債，心情不好或喝醉時就打我，什麼事情都做得出來。最後他開始打孩子時我拚上一切用菜刀殺死他……因爲我知道總有一天他會把孩子打死，所以我必須這麼做。出來之後夫家的人恨我，娘家的人也不敢伸援手，連孩子都被夫家的人洗腦說我是殺人凶手……幸好黎先生輔導我來經營這家店，不然我應該已經自殺了吧。」

「找到新生活很好。」並不想額外攀談，東風淡淡地回應。

「現在，只剩下我的孩子了。」看著店外街道上來來往往的人們，婦人有點感傷地說：「我知道是我的不對，但是孩子會這麼恨母親嗎……」

即使情有可原，即使有各種理由，殺人還是錯誤的。

她在幾年後出獄，被夫家各種說詞改變的孩子已不復當年幼小無知的樣子，指責她爲了錢財和疑似外遇冷血無情殺害了父親，究竟要怎麼做才能解釋一切？

「我知道有母親憎恨孩子。」喝著果汁，東風聳聳肩，想了想還是開口：「不過就算再怎麼編派說詞、離開時小孩多小，如果妳說的家暴真實發生過，那記憶一定還會存留，妳的小孩會抱持懷疑吧，不要自己放棄。」

「黎先生也這樣說過，我會盡量想辦法再和他多多接觸的。」收回視線，婦人露出溫和的微笑，「真是謝謝你的安慰。」

「並沒有……算了，我要回去了。」站起身，東風將信封袋塞進背包裡。

「啊，你等等，這些一起帶回去吧。」快速地打包蛋糕，婦人將紙袋放進對方懷裡，「男孩子發育時最好多吃點有營養的東西，不然會長不大，乖、要聽阿姨的話。」

「……」冷眼地看著蛋糕，東風黑著臉離開雜貨店家。

對他來說，不管是什麼都一樣。

他的天空一直都是黑暗的。

不需要別人對他太好，也不想被任何人關注，如果可以默默消失在哪個地方就好了。

他覺得活著很累。

「東風！」

猛然止住腳步，東風皺起眉往後看，果然看見有台摩托車煞在一邊，上面的騎士還朝他揮手。

脫掉安全帽，虞因笑了笑：「超巧，我才想說要去你家找你，沒想到會在路邊看到。」因爲對方的體型實在太好認，所以遠遠一眼就看見。

「……」和後座的聿互瞪了一眼，東風決定當作沒看見這些人，繼續往自己的住處走。

「欸，等等，我有帶一些吃的要給你。」其實也是順便和聿來這邊買好料的虞因跳下車，等聿也爬下來後就推著摩托車一起走，「有陣子沒逛東海這一帶，沒想到開了滿多家不錯的店，難怪楊大哥也說有空可以多來走走，不過他介紹的店稍微有點貴就是。」不經意往剛剛東風走出的店瞄了眼，他看見一個影子貼在店外，但是很快就消失了。

這種路過的阿飄虞因也見過不少次，總之就當沒看到就好了。

本來以爲這兩個人自己廢話完就會離開，沒想到十分鐘後東風站在自家樓下，沒打算離去的雙人組竟然還自己找地方停車，提著兩大袋食物跟他一起杵在那邊。

「我看看，幾樓……」虞因抬頭看著大樓，他來送過兩、三次飯，不過都沒進去過，每次都是在門口把東西交給東風之後，被對方一臉陰霾地轟走。

無言地領著人往上走，東風只好默默讓他們跟著自己回家，然後打開門放他們進去。

開燈之後，虞因的眼睛都亮了。

從玄關開始，貼著牆全都搭了展示架，陳列各式各樣的東西。

「你家眞的好多雕像喔！」

站在架子前，虞因看著整排的塑像看得熱血沸騰，雖然之前曾聽黎子泓提過，但沒想到數量會這麼多。「也太強，你眞的沒有學過嗎！這個根本和我們老師做的不相上下啊！」不只有人頭，人體外加各式各樣的動作……竟然還有各種不同的幻想怪物，連外星人都有，樣式琳瑯滿目，看得他都想搬回家了。

不管是石膏還是陶土、黏土，甚至連石材也有幾個，每個成品都細緻到可怕，他們班最會做黏土的同學也沒這麼強啊！而且這具骷髏還不是本科系學生！

一旁的聿也看到眼睛都發直了。

走進客廳之後更多，很顯然屋主直接把客廳當成工作區，幾張坑坑疤疤的桌子上有著不同物品，雕到一半的黏土、石膏成品，還有張矮桌上放滿了圖紙；除了一間小房間裡有擺床之外，其他房間也全都放滿架子和作品，非常驚人。

當然，扣掉滿地髒亂土屑不講，整間屋子眞的超壯觀。

不過虞因也發現，有一部分陳列著比例縮小的人頭雕像全都是通緝犯，不然就是某些案件的犯人，不知道爲什麼對方會做這種東西。

比較起來，充滿幻想生物的那部分就整個中了他的愛好。

「如果要可以拿走，快點滾出我家。」覺得自己已經快被吵鬧到極限，東風繼續努力驅逐外人。

「欸，都是你的作品，這樣不太好。」僅止於欣賞的虞因一轉頭，就看到聿從書櫃裡抽出一本厚重的原文書，巴巴地看著他，「書不要亂拿……」

「要就送你，快點出去。」瞄了一眼，東風打斷虞因的話，「整櫃給你也可以。」

「他跟你開玩笑的，小聿你借回去看吧。」看得出來那種書很貴，而且幾乎都還全新，虞因說道。

「直接拿走不用還，我全部看完了。」揮揮手，東風努力地想把注意力放回未完成的雕像上，「與其放著，不如要看就帶走，書這種東西要放在會看的人身邊。」

「借看完我們一定會歸還的。」虞因朝聿點了一下頭，後者就開始盯著書櫃挑起自己想看的書。

這邊的書籍類型和嚴司他們的又不一樣，聿很快地就挑出了好幾本有興趣的。

在車被書本吸引注意力時，虞因也把一些食物拿出來，「剛好我們也打算回家吃晚餐，不如乾脆大家一起在這邊吃飯吧。」果然食物還是人多趁熱吃比較好。

「……我學長教的？」瞪著桌上正在冒煙的麵線，東風連想都不用想就知道是爲什麼了。之前也是這樣，只要搬家被他學長知道，就會有幾個人來找他談，然後就會冒出食物，眞的很煩，他都不知道他們爲何要如此多管閒事。

「咦？黎大哥只說可以來找你。」虞因疑惑了幾秒，看對方好像也不想繼續講啥，就直接抽掉他手上的雕刻刀，「總之就先吃飯吧……是說你的電腦可以借用一下嗎？」他剛剛就注意到旁邊有台發出怪聲音的電腦，聽起來不像是壞掉，應該是某種程式的執行音效。

因爲阿關他們有陣子很喜歡玩這種東西，常常亂傳一些音效檔來，所以虞因多少覺得有點耳熟。

「……隨便你。」很勉強地接過那碗讓他想吐的食物，東風焦躁地不停攪拌。

取消螢幕保護程式之後，虞因首先看見的桌布是張女性的照片，不知道爲什麼覺得好像在哪邊看過，但是其實是個陌生人……大概是大眾臉。螢幕右下方有條正在跳動的搜索條，聲音大概是這程式產生的。然後被收在下方的還有幾條新聞。因爲東風沒制止，他也稍微拉起來看了看，之後就搜索今天的案子。

在XX山邊發現的連環凶案女屍……

在學校吃午飯時就看到這則新聞了，所以虞因多少有點惦記著今天虞夏他們這件案子。沒想到蘇彰還在。

網路新聞上也沒報導太詳細，簡單說明山邊發現一具死亡多時的女屍，發現時已經腐爛了，但根據刀痕判斷很可能是連環殺手再度犯案等等……

不知道爲什麼，虞因就是覺得哪裡怪怪的。

「手法不對。」

猛一轉頭，就看到東風已經站在旁邊，「之前那個的手法幾乎都著重在立即被找到的方式上。」

「啊。」這樣說起來，的確，不管是氣爆還是割頸，蘇彰自己所謂的故事性案件，先不管有哪些受害者，幾乎都是立刻就被找到，只有那具乾屍不見而已。

「換句話說，原本凶手的思考模式希望的是布置後被發現；另外根據我學長的說法，他只有在你們那件案子上沿用這種殺人方式，那是因爲針對嚴司渾蛋的關係，所以對他來說不會固定使用一樣的方式……他想要展露的是殺人，並不是連環。」就算是割喉之狼，也改變了方法，和後頸兩刀不一樣，後頸那個殺法是特意要展現給特定的人知道的手法。

蘇彰要的並不是連環凶手的稱號，而是殺人。

而他的犯案特徵就是布置性。

就像在表演一樣，每次都是不一樣的故事。

而表演者，希望被看見，並不是腐朽。

「所以這個……」

「是模仿殺人。」

□

「這是模仿殺人。」

第二日，來看屍檢的黎子泓冷眼看著聽說應該在放連假卻出現在這邊的某法醫，「你在這裡幹嘛？」他記得業務應該是交給了別人才對。

「唉唉，你應該表現一下感動才對啊，我為了好朋友，不惜千里迢迢拋棄假期來幫忙工作，我家學弟都感動得痛哭流涕了呢。」嚴司按著額頭，一臉被打擊，他真心換絕情啊，好心來幫忙結果只換得冰塊臉。

瞄了眼外面一臉愧疚直朝他打抱歉手勢的梧桐，黎子泓決定不要去計較這件事了，否則搞到最後覺得煩的一定會是自己。「所以不是蘇彰？」

「不是，是死了之後才被插刀的，猛一看很像，但是插刀方式不同。」比劃了下，嚴司解釋著：「這很明顯是死後才被按著捅了兩刀，也沒有拉扯傷，是很俐落的兩下，深淺度也差不多，表示下刀時時間充裕且無遭到抵抗，更別說是死後創傷……看來應該是之前新聞報太大了，所以才想推給連環犯案。」

「嗯……」思考著相關的問題，黎子泓想著等等要跑一趟警局。

「確切的死因，應是頭部遭到強力撞擊，嚴重的顱骨骨折和顱內出血。」從旁邊拿出一塊頭骨，嚴司比著上面的裂痕，「簡單地說八成就是抓頭去撞牆撞死的……是說看這種造成碎裂的力道和方向，我覺得大概是一半撞牆一半撞地，雖然爛得很嚴重還被動物咬過，不過上面還是採到很多人爲傷痕，反方向的髮根多數都受損了。」

「聽起來像是衝動犯罪。」這樣就不難理解爲何會棄屍和僞裝成連環殺人了。

「嗯啊，總之就是被撸牆。」無視一旁的白眼，嚴司拿出自己的報告記錄，「凶手是成年男性，不管是插刀還是撞牆都可判斷力氣相當大，並不是一般女性辦得到的事。然後你家這位被擼死的小姐還留有生產痕跡，看樣子應該剛生完沒多久。」

「她是單身。」黎子泓淡淡地說著：「宋蕙純，二十五歲、單身，目前待業中。」

「咦？待業？」嚴司記得自己的確有看見套裝，難道這年頭連套裝都變成國王的套裝了嗎？

「嗯，她在一年前已經離職，死亡時身上所穿的是之前公司的員工制服。」

根據現場初步勘驗，屍體所在處並不是死亡現場，僅是棄屍地點，搜查後並沒有發現什麼線索。

靠著服裝，他們很快地就詢問到原公司，順利找到死者身分，調出了牙醫記錄後確定是本人無誤。

比較奇怪的是，雖然循著服裝找到了公司與死者身分，但是公司職員卻告知他們死者早在一年前離職，原本是公關處服務人員，現在已不在該處上班。幫虞夏找出當初員工資料的經理形容死者是個很開朗的女性，同事之間相處也不錯，不過當時離職並沒有特別原因，加上對方樣子有點怪異、怎樣也問不出來原因，所以經理印象很深刻。

對於她會穿著公司制服陳屍在山邊，經理也說不出個所以然，在職期間也不曾聽過死者與誰有仇或有特別往來，所以無法提供更多資訊。

公司另外也提供了現在所使用的員工制服與歷年來員工制服的檔案，目前的制服與死者死亡所穿的的確不一樣。

經理告訴他們，因爲公關服務人員經常代表公司接觸各種客群有形象考量，所以才會常常更換制服，公司基本上會派發兩套，也有人因爲破損或是各種原因申請成本價加購，一般離職時會繳回派發的制服，但加購的就不會送回，死者會擁有舊制服就是這樣的狀況。同時經理也幫忙查了加購記錄，證實死者的確加購過兩套制服作爲備用，是當季加購最多的人。

「這就有趣了，穿著已離職公司的員工制服被殺死到底是什麼狀況呢……對了，還有這個，在死者食道裡發現的東西，應該是死前才吞下的。」

接過對方遞來的幾張照片，黎子泓看見那是一卷發黑的小紙張。

「我送過去玖深小弟那邊了，是張便條紙，不過字都糊了還黏在一起，看看玖深小弟那可以找到些啥吧。」嚴司點點相片，「有血、黏液、屍水什麼的……你懂的，等分析吧。」

「嗯。」

□

接到黎子泓的通知時，虞夏正好針對死者住處進行搜索。

幸好死者在之前公司登記的住處地址並沒有改變，所以在聯繫上死者家人與房東後，趕來的女性親屬協同房東打開了死者的小套房。

他們在死者住處並沒有發現嬰兒，甚至連嬰兒用品都沒有。

一般來說，懷孕的女性都會為即將出生的嬰兒添購用品或衣服，但是這裡卻連一件都沒有，所以剛剛聽到訊息時虞夏有點疑惑。

「我不知道蕙純有懷孕。」身為死者唯一的姊姊、宋蕙玲這般無奈地說著：「我甚至不知道她有沒有交往對象。她已經很久沒和家裡聯絡了，大概已經有一年左右沒回家，我將近一年前和她碰過幾次面，正好是我父母的喪禮……啊，他們出了車禍，所以一起走了，蕙純回來辦完喪事之後就沒再回家過了。」

「你們家相處有問題嗎？」

蕙玲苦笑了下，「該怎麼說呢，每個家庭多多少少都會有點問題吧，不過並不是像您想的那樣，雖然有點摩擦，但我們家人之間的相處其實還是不錯的。只是因為以前爸爸幫人做保出了問題，揹負很大一筆債務，有段時間常常有人來追債。當時蕙純受不了壓力所以搬出家裡，離家後會固定寄一些錢回來。父母還沒出事前，蕙純一直說過陣子可以拿比較多錢回來……可惜沒多久我爸媽就往生了，人果然無法預料任何事情，即使拿回再多錢，她也來不及了。」

人生就是這樣，自覺想要孝順掙得更多時，往往卻忽略了很多相處時間，總覺得時間還很多很多、任何事情都理所當然，猛然一回頭，才發現什麼都來不及了。

「總之，這件事情好像對她打擊不小，喪禮時她說有改變一些想法，之後就沒再遇過她了，打電話也都是用簡訊回覆，沒想到現在……如果不是因爲你們告訴我，我根本不知道她住在這個地方……」

因爲不清楚宋蕙純生活和工作情況，也問不出有用的資訊，虞夏便和對方交換了手機號碼，如果之後回去有想到什麼奇怪的事情再聯繫他。

接著另外兩名收到宋蕙玲通知、先後來到的女性友人也回答了類似的答案，原本往來相交甚篤，但是一年前父母去世之後就沒再聯絡，打電話也幾乎不回應。

「啊，我記得最後一次通電話時，她說有個表妹在照顧她，要我們不用擔心。」其中一名友人提供了這樣的訊息。

「可是我們家沒有表妹。」聽著這說法，宋蕙玲有點疑惑，重複問了對方幾次確認，

「親戚中也沒有，我們這一輩只有我們兩個女生。」

提供訊息的友人叫作謝麗茹，是宋蕙純大學時最好的朋友，也是畢業之後唯一保持聯絡的同學。

「奇怪了，但是我記得她明明是這樣說的，還說那個表妹常常買好吃的東西給她，所以我才想說她可能和親戚處得很好。」歪著頭，女性也一頭霧水。

虞夏看著這兩人都不像在說謊，所以就大致再問一下宋家的親戚關係和謝麗茹所知道的「表妹」其他相關細節，可惜都沒有進一步的有用資訊，就像她們所說的，不再見面之後就什麼都不曉得了。

大致上搜索後沒有什麼異狀，於是就先離開死者住處。

看了眼時間，還不算晚。

虞夏按了按有點痠痛的頸子，思考著要直接返回警局還是去法醫室。這兩天被督察室的新人搞得很煩躁，對方年紀滿大了不能眞的跟他計較，所以憋了一肚子氣……還是繞去法醫室好了，起碼嚴司是可以放手揍下去的。

打定主意正要離開時，一陣低低的狗吠聲從後頭傳來。

本能地回過頭，虞夏只看見一隻滿大的黃金獵犬站在不遠處，壓低的身體發出不安的聲音，周圍沒看見飼主，只有幾個路人駐足，好奇地看著大狗。

似乎也注意到他的視線，大狗竟然靠過來了。

「……你主人呢？」彎下身拉住項圈，虞夏沒看見聯絡方式，項圈是很普通、寵物店都可以看到的那種，上面只刻了一個不知道是不是狗名的奇怪名字。

黃金獵犬用無辜的大眼睛看他。

「……小魚乾？」

大狗很興奮地汪了聲。

到底是怎樣的主人才會給狗取這種名字？虞夏有點無言。

「弟弟，那是你的狗嗎？」見到他和大狗有互動，附近一家小吃店的老闆娘走出來，「早上就在這邊繞了喔。」

虞夏看著不斷熱切蹭著自己的大狗，對走近的老闆娘搖搖頭。

「眞是奇怪，早上我看牠從公車上跟著人跑下來，還以爲是附近的……可是附近又沒看過有人養這麼大的狗。」老闆娘摸摸大狗的頭，有著怪名字的黃金獵犬也溫馴地坐在原地，讓友善的中年女性摸頭，「還是帶去派出所吧，這狗這麼漂亮，被拐走就不好了。」

「也是。」

「那阿姨帶你去派出所，狗狗乖……」拐著狗一起離開，老闆娘朝虞夏笑了笑。

點頭招呼後，虞夏也往反方向去牽自己的摩托車，才發動好戴上安全帽，就聽見後面傳來了驚呼聲，接著是後座一沉。回過頭，他再度無言地看著跳上車後座的毛茸茸乘客，「下去。」

大狗依舊用著無辜的大眼睛看著他，一點離開的意思也沒有。

「……」

「呃，不然你帶牠去派出所好了。」老闆娘如是說。

接著虞夏沉著張臉推著摩托車，把上面的狗一起推進附近的派出所，本來想說把狗交給轄區弟兄去處理就好，結果大狗竟然還是追著他不放，不是咬著他的褲管就是衝出警局追他的摩托車，逼得虞夏不得不回到派出所。

最後，轄區員警只好幫他做登記，然後請虞夏先把狗帶回去，如果找到飼主再通知他。

這也就是中午虞因兩人回家時，在玄關看到一隻大狗的原因。

□

「顧好狗，不要亂跑。」

丟下這話之後，折騰半天的虞夏就奔回警局了。

關上大門，虞因一回頭，看見聿蹲在玄關摸狗，好像很喜歡的樣子。「你以前有養寵物嗎？」

微微抬頭看他，聿搖搖頭。

「我以前有，養了兩天就死掉了。」彎下身，虞因看著大狗的臉，有點感慨，「因爲看同學都有，有次跟大爸盧很久，大爸向同事要了幼犬回來，結果偷偷帶出去散步時被附近住戶養的狗攻擊，大人來拉走的時候已經被咬死了。」之後他就沒養過什麼寵物，尤其在看得到奇怪東西後，他更不想亂養了。

有點憐憫地看著對方，聿站起身，拍拍他的頭，在被抗議之前一溜煙地跑進廚房裡準備午餐了。

「不要亂拍啦！」遲了一步才抗議，虞因咬牙切齒地朝廚房一揮拳，然後才轉頭看狗的項圈。「小魚乾……哇靠，這名字聽起來怎麼那麼像嚴大哥會取的名字，你很愛吃小魚乾嗎？」

小魚乾歪著頭看他。

他還眞不知道狗吃不吃小魚乾，但是不能亂吃虞因還是知道的，二爸回來時也沒買狗罐頭，他想了想，記得附近好像有寵物店還是貓狗醫院的樣子，就向聿打了個招呼，帶著狗先去買一些狗食。

雖然是迷路的狗，但一出門，虞因馬上就知道狗主人把狗教養得很好，小魚乾很乖巧地跟在他旁邊，完全不會亂跑亂叫，也不知道是怎麼走丟的。

……希望不是被棄養。

採買過程很順利，看來小魚乾比他更知道要買什麼，連飼料都是狗自己走到前面選的，虞因錢包痛地買了狗食和肉條，付了大鈔之後，大狗居然還巴巴地看著貓食區。

「那個貓狗都可以吃喔，沒添加多餘的東西，是手工製作的，貓狗都很喜歡。」

於是在老闆推薦下，虞因又血淚地買了兩包雞肉乾，才拉著狗離開寵物店。

出店門後，虞因開始慶幸自己沒有養寵物，不然這樣開銷實在是不小，沒想到現在寵物飼料竟然不便宜。

小魚乾的毛色看起來很漂亮，飼主應該是下足工夫在照顧，他當然也不能還人家亂七八糟的狗……只好暫時節省一點，不要亂買東西好了。

提著有點沉重的狗食，虞因摸摸旁邊的大狗，小魚乾用鼻子蹭著他的掌心，他突然覺得這樣其實也不錯，回家帶狗散一下步，好像也滿悠閒的。

如果聿很喜歡狗，說不定可以考慮家裡也養隻狗，大家出門時他也比較有伴。

正在胡亂思考，虞因猛然停住腳步，一旁的小魚乾也發出低低的聲音。

他看見一雙腳。

就在正前方的巷子裡，穿著運動鞋的腳尖正對著他，懸掛在陰影中卻看不見上半身。

虞因很確定剛剛從那裡抄近路出來時沒掛著人，四周空氣在發現的瞬間也跟著凝滯。

身邊的小魚乾不斷發出低低的狺狺聲。

吞了吞口水，虞因決定假裝沒看見，轉身繞大馬路走回家。

但是他一轉身，再度看見了那雙腳，通往大馬路的路口一整片斜下的陰影，掛在空中的雙腳輕輕地搖晃著。

「……這位大哥，如果有冤要伸請按照正常管道，這樣我實在看不懂。」安撫著小魚乾，虞因很冷靜地開口：「我家有兩個警察，如果你是被殺的，麻煩請給點有用的資訊，我會請警察幫忙你。」

幾乎就在話說完同時，那雙腳嘍地聲不見了。

道路突然明亮了起來，不管是原本要抄近路的巷子，或者是馬路的路口，全都恢復成原本的樣子，就好像剛剛的事只是他的幻覺。

低下頭，虞因看見地面上有一小堆土，暗褐色還有些濕潤，似乎是從哪裡剛掘出來的泥土。

搞不清楚是怎麼回事，他想了想，翻出面紙包了那些土，雖然不曉得是不是阿飄的指示，不過暫時就先收下好了。

小魚乾在他身邊繞了兩圈，似乎也感覺到危機解除，鼻子在虞因身上嗅來嗅去，接著就往小巷子走了。

「等等。」

跟著跑回去，虞因開始覺得說不定眞的養個寵物也不錯。

3

他記得那些事情。

隨著微風飄起的白色細煙，大人們不瞭解的墮落年紀。

那時候的他們都還不太曉得長大以後的事情，只知道未來那個世界充滿了各種吸引力，擺脫了現在受制的處境之後，不管是誰好像都能夠得到自己所想要的任何事物。

但是，那是不可能的。

十八歲前的死亡原因，遠比二十歲之後單純很多。

當他們在討論遙遠之後的自己，卻無法得知未來已經以另外一種方式展開。

他想逃離的、他想擺脫的是不一樣的事情。

然後，才發現人離開了大人建構的圍牆後，其實比自己想像的還要微渺。

他背棄了被寄予的希望，他轉身抓住自己想要的自由，他無視後面有人跌落的泥沼，他走向另外一種世界的擁抱。

接著才發現原來自己還沒放手。

□

「沒有宋蕙純的就醫生產記錄。」

點著螢幕上回傳的各種記錄，玖深眨眨眼，說著：「生產記錄也沒有，她最後一次去診所拿感冒藥是一年前，眞健康，好羨慕喔。」

虞夏往對方的頭上敲下去，「其他的呢？」健保卡沒記錄不代表私下不會看病。

「唔，套裝外套有採集到一些粉狀物，分析之後是滑石粉、氧化鋅、氧化鐵……之類的一些物質，是一般化妝在用的蜜粉，因爲是在外套的口袋裡，所以還滿幸運的有留下來。我問了女同事，她們那邊有一樣的東西，是開架的，像屈臣氏還是寶雅那種地方都可以買得到，是很平價的化妝品。」捂著頭，玖深抖著手遞出報告：「那個牌子的蜜粉有出隨身小蜜粉，所以大概是死者都放在口袋裡……然後有一些不完全的指紋，那張紙也還在弄。」

翻了翻報告，看起來似乎還沒什麼有用的訊息，虞夏無奈地呼了口氣。

「老、老大，你是不是還沒吃午餐啊？我剛剛有買很多零食和泡麵，要不要幫你泡一個？」看對方臉色不是很好，玖深小心翼翼地問道，「還不錯吃喔，海鮮口味？」

「吃過了。」在辦公室嗑過冷便當，虞夏搖搖頭。

「該不會又被找麻煩吧？那個大叔不是行政作業的嗎，幹嘛一直找你麻煩。」

「誰知道。」把狗丟回家，才一回到局裡，虞夏就遇到對方，劈頭就給他一句負責工作沒進展又到處亂跑，沒責任心什麼的，如果不是周圍一堆人大驚小怪地衝過來亂解釋，虞夏本來很想一拳上去。

從北部調來的員警叫作王克桎，差不多快五十歲了，正在等退休。

前兩個月北部發生了嚴重的槍擊案，當時正值上班時間，持槍拒捕的三名歹徒衝進公車站，當場造成兩名員警重傷、四名路人輕重傷以及一名員警、一名路人死亡。

三名歹徒當場被抓，也從住所起出毒品和一批槍械。

當時王克桎任命於該警局，事發之後不知道什麼原因……內部並沒有公告，總之王克桎認識不少高階上層，輾轉就這樣調來現在的督察室，處理些行政業務。

初到的那天，虞夏剛好揍了某飛車搶劫的小混混一拳，不巧被目擊，之後就經常被找麻煩。

虞夏自己是盡量避開對方，出勤時間也都拉長到對方下班，但都是同一警局的總是會遇到，就像剛才，碰面時就免不了幾句挑剔冷言，他都不知道自己啥時得罪這個完全不認識的人……難道在什麼時候揍過他朋友之類的嗎？

因爲可能性太多了，虞夏乾脆放棄思考。

「眞麻煩啊。」玖深同情地看著被針對的人，突然覺得自己這邊還眞是幸運，起碼不用跟奇怪的人正面衝突，只要乖乖窩在實驗室裡就萬事大吉了，「總之，等風頭過應該不會盯這麼緊了。」

冷笑了聲，虞夏也懶得理別人對他的看法，反正也不是第一次了，工作這麼久常常有人想扯他後腿，不意外，而且前陣子譚雅芸的案子也弄得一些人很不爽他；總之主管還頂著，他就繼續做自己該做的事情，「有進展再告訴我。」

「喔。」玖深點點頭。

看了下手錶，虞夏往對方肩膀拍了拍，接著就往門口走，「我看你先去睡個兩小時再繼續吧，我去拿零食喔。」

「咦？喔、好！」

被對方一提醒，玖深的確也感覺到很累了，這兩天幾乎沒什麼睡又超時工作……看來還是去休息室躺一下吧，不然工作看花眼就不好了。

將手上的工作整理一下，一踏出實驗室，不遠處的電梯正好打開。

接著走出來的人讓玖深瞪大眼睛。

「我二爸有在這邊嗎？」

很警戒地四處張望，偷跑過來的虞因直奔過來拉了人就衝休息室。

「剛、剛走。」玖深也連忙跟著緊張環顧四周，「阿因你跑來幹嘛？佟和老大不是勒令你現在不准亂跑來嗎？」

「噓、噓，我沒有要管啥閒事啦，我只是幫人家拿東西過來……這個給你，有空再看看有什麼問題吧。」唬爛聿說要拿個東西給阿關，虞因看了看時間，還要盡快趕回去，於是連忙將那小團土塞給玖深。

「幫人拿……拿給我？」疑惑地打開面紙，玖深只看見一些土，接著腦袋空白了三秒，差點沒把土丟出去，「誰！誰要拿！是活的還是科學上不能解釋的那種東西！阿因——」

「土保證是科學的。」虞因咳了聲，尷尬地笑著說。

和小魚乾回去之後，他本來是打算找一個良辰吉日摸來的，但猛一回頭又看到那雙腳掛在窗外，實在沒辦法，虞因只好找藉口先送過來。

「應該沒有什麼跟過來吧……」剛剛還覺得很疲累，現在玖深只覺得精神好到極點，好到完全不敢鬆懈，他現在超害怕那團土裡面有什麼東西會飄出來啊啊啊！

「沒有。」也不知道對方爲什麼會留下這些土，虞因說道：「總之，玖深哥你有空再看看吧。」

「唔……」苦著臉收下那小包土，對請求很難推托的玖深哀怨地開始想著又該去拜拜求平安了，「有很急嗎？」

「這我也不知道……可能有點？」因爲阿飄都只掛在那，他也不曉得到底算不算很急。

「好吧，有結果我再跟你講。」

鬆了口氣，虞因咧咧笑，「謝啦，玖深哥下次我再請你看電影。」

「不要害我看到拳頭就好……」根據經驗，如果不小心被虞夏知道，免不了又要被揍了，玖深對於未來之路充滿了擔憂。

「那我先回去了，出來太久小聿會起疑。」

玖深點點頭，正要送人去搭電梯時，注意到虞因身上沾到東西。「你們最近養狗嗎？」

跟著看下去，虞因才看到袖子上黏了小魚乾的毛，剛出門時小魚乾衝過來朝他一個磨蹭，估計是那時沾上去的。「喔，走失的，二爸有去留資料了，應該很快會找到狗主人。」

「喔喔，眞好。」如果不是因爲自己工作忙碌照顧不來，玖深也很想養個寵物，起碼遇到不科學的東西可以拉著一起抖。

「對啊，黃金獵犬滿可愛的。」看著電梯打開，虞因愉快地朝對方拍了下肩膀，「那我先回去了，玖深哥你不要加班太久喔。」

「路上小心。」

□

等待電梯時，虞因抹把臉，靠在冰冷的牆面上。

他也不懂掛著的那東西到底想做什麼。

總之，和聿約好了要去同學介紹的點心店，還是快點回去吧。

細微的聲音傳來。

像是電子音樂般的聲音。

幾乎本能地偏過頭，他聽見了那聲音是從電梯對講機中傳來，一樓的按鍵仍然亮著，但是電梯的樓層卻停在地下一樓。

「……大哥，鑑識結果不會那麼快出來啊。」有沒有如此猴急？早知道剛剛應該跟玖深說是超急件了。

一說完話，樓層鍵猛地就熄了。

沉默了一下，虞因有點徒勞無功地去按對講機，果然什麼回應也沒有，從那裡傳來的音樂卻越來越大聲。仔細聽來，很像是小孩子在玩的那種音樂鈴，這個他有點印象，很小時候家裡有掛一個，拉了線，塑膠玩具就會發出音樂聲。

依稀記得是二爸買來的，到國小時自己都還常常去拉那條線，後來搬家就不見了，大概是整理時丟掉了。

正思考著，電梯門緩緩打開了。

搞不清楚對方到底想要幹什麼，虞因小心地走出電梯。

四周非常安靜，和以往來的時候完全不一樣，安靜的走廊與安靜的空間，毫無人氣的區域，連日光燈的顏色都非常冷白。

他總覺得自己踏上的並不是警局的地下一樓。

一樣的景物，不一樣的空間。

猛然下意識回頭想退回電梯，完全沒心理準備的虞因在一回頭看見電梯裡的女性時直接被嚇了一大跳。

那是雙幾乎無機的眼睛，在灰白色染血的面孔上直勾勾地盯著自己。

女性穿的是套裝，這讓虞因回過神後馬上確定不是掛著的那一個……這是虞夏他們手上案件的死者。

……也是，來到局裡或多或少都可能會遇到，只是沒想到會這麼無預警地冒出來。

捂著胸口，虞因慢慢吸了口氣，讓自己先鎮定下來。

「妳……」

還沒理順想問的話，他只感覺到一隻手突然從身後冒出來，不由分說地抓住他的頭髮，重重地按著他的臉就往旁邊牆壁一撞。

突如其來的強力讓虞因來不及反應，只覺得腦側爆開一陣劇痛，整個人直接暈眩倒地，但是攻擊者並沒有這樣就放過他，拉扯他的頭，再度往地面上重擊了幾下，直到他連一根手指都無法動彈，意識模糊。

隱隱約約，好像看見有人走過去，紅色的血液在矇矓的視線前擴展開來。

這可能就是他最後的畫面了，混著說話聲的音樂原本很細小，此時竟然感到很大聲，連曲子的音調都能記得一清二楚。

他聽見有人在說話，卻無法分辨是誰。

黑暗襲來。

也不知過了多久，身邊有了些許動靜，有人試圖搖著他的肩膀，然後拍著他的臉。

接著，虞因才慢慢地恢復了點意識。

最先看見的是張陌生的臉，有點嚴肅但多少帶了點鬆口氣的表情。

對方一發現他醒了，就停下手上的動作，「……你是訪客嗎？」

閉上眼睛後再度睜開，這次虞因總算完全清醒了。看清楚眼前是個陌生的歐吉桑，

「呃……」按著頭，他在對方的幫助下半坐起身。

剛剛的血已經不見了，攤開手，上面果然什麼也沒有，痛楚之類的根本也感覺不到，只剩殘存的暈眩，用力地甩甩頭，那種眩目感也差不多消失了。

「貧血嗎？」歐吉桑蹲在旁邊再次發問。

「……應該是。」懶得向陌生人解釋太多，虞因確定那陣不適完全消失後，才慢慢地站起身。看了眼手錶，從搭上電梯到現在只過了十分鐘……

「你是訪客嗎？」

這時虞因才意識到對方的問題，通常會這樣問的都是局裡的人，但是他很確定沒見過這個歐吉桑。「我來找玖深哥，正要回去，大概是貧血按錯樓層。」也不知道對方是什麼來

歷，他只好先語帶保留地搪塞問題。

「鑑識組的？」

「嗯嗯，剛好路過警局，想說玖深哥加班有幾天了，來送飲料兼慰問。」雖然是扯謊，不過虞因倒不擔心對方去求證，從小在這邊玩到大，後期玖深加入後也都混得很熟，所以如果對方去問，他很有把握玖深肯定也會回答類似的答案來應付。

大概也看不出什麼問題，歐吉桑點點頭，沒繼續往下問。

偷瞄了下對方的名牌，叫王克桎……真的是沒聽過的人，應該是新調來的吧。虞因抓抓臉，「不好意思，我已經要回去了，感謝你的幫忙。」

王克桎揮揮手表示沒什麼，就幫忙領著人進電梯、按電梯，就在電梯外跟他道別了。

就在電梯關上那瞬間，虞因看見了。

那雙腳出現在王克桎身後。

接著電梯關上，什麼都看不見了。

□

坐在客廳，聿一邊翻著書本，一邊摸著趴在身邊的大狗。

那個說好要出去找好吃點心的虞因，大概一小時前一臉抱歉地說臨時要拿東西給阿關，所以讓他在家裡等一下。

再度看了下時間，聿呼了口氣，闔上已經看到末頁的書籍。

向東風借來的書果然與嚴司他們那邊的不一樣……應該說東風的選書範圍很廣，不像嚴司那邊偏醫學而黎子泓偏法學，借回來的幾本書裡還有藝術類的書籍。

因爲是原文書，所以當初虞因沒有特別注意，這類的書本應該是他會比較喜歡，聿在虞因很貧瘠的房間書櫃上也看過幾本類似的，他對這類的興趣缺缺，也只翻了幾次。

本來想看過之後標註一些翻譯拿給虞因看，不過顯然那個人這兩天有其他的事在忙，整個漫不經心，也沒注意到他借了怎樣的書。

聿不是看不出來，說要去找阿關八成是藉口吧。

那麼，自己從哪邊開始找起呢？

趁著房間主人外出的時間，聿也查過對方的電腦，瀏覽器記錄中顯示虞因這兩天有特別關注虞夏手上的案子……然後就是爬美食網和一些無關緊要的網站。

勾起淡淡的微笑，聿站起身，一旁的小魚乾也跟著很有活力地跳起，在他身邊團團轉。

如果去找阿關的事情是假的，那大概還要等一下才會回來吧……或者要做好對方又會很晚才回來、一臉抱歉地說改天補償他的心理準備。

對於補償問題並沒有那麼執著，事實在是不想說出「自己也不是每天都想吃甜食，只是看到虞因各種苦惱表情覺得很有趣」這樣的實話。

虞因有顆很直接坦率的腦袋，這點事在一開始就知道了，只要被他注意上的人，他都很願意去幫忙，就算一開始討厭對方也一樣。

不知道這是不是虞佟和虞夏混著教育的關係，總之在事眼裡，就是近乎愚蠢地好騙，而且也因爲這樣常常心軟吃過許多苦頭，連鬼都會陷害他。

雖然是這樣，虞因還是一頭熱地往各種危險和陷阱撞進去。

這是他現在所擁有的家啊……

不可取代的家已經消失了，那時候自己能力還不夠阻止所有的一切，但是現在自己已經長大了，身體開始強壯起來，很多事情不能再重蹈覆轍。

如果再來一次，他會毫不猶豫地，殺了對方。

消失了，無論怎樣原諒都不會回來的吧，所以絕對不能再次放過動手毀滅的人，他也沒辦法再次克制自己想要殺人的衝動。

現在這個家一樣無法取代。

這種想法是原本就有或者是受當初毒品的影響，現在已無法證實，聿看著自己的手，從全家死亡那天起就一直是血紅色的，即使凶手已死，那種顏色還是未曾褪去。

方苡薰當時說的沒錯，他們原本就是不同世界的人。

即使如此，他還是努力想抓住現在擁有的，就算裝乖也好，被嫌煩人也好，和其他人掙扎著想活下去一樣，他可以就這樣僞裝自己，永遠生活在這裡，這是他現在的選擇。

隱藏自己一直隱隱約約憤怒的情緒，不要改變地生活下去就好。

他想，爸爸應該也是這樣希望的吧。

小魚乾突然變得很興奮，接著往玄關跑去。

兩秒後，果然聽見開門的聲音，然後是虞因很抱歉地開口：「不好意思啊小聿，回來有點晚了，我剛剛回來在路上買了草仔粿，路過看到好像很好吃的樣子。」

按著牆壁，虞因踢掉了鞋子，然後看見聿拿著鍋子從廚房探出頭，不知在煮什麼。

在旁邊繞圈圈的小魚乾不斷嗅著塑膠袋，逼得虞因不得不把袋子拿高，以免被狗一口咬下去，「我看我們乾脆出去吃晚餐吧。」

聿看了眼大狗，聳聳肩。

摩托車怎樣都沒辦法多載狗的吧，搭公車又不太方便，計程車也不一定會讓狗上車……更別說車資貴了。

同樣也想到這個問題，虞因抓抓臉，有點苦惱地蹲下來和狗對望，「糟糕，沒想到會多出來有狗，丟在家裡好像也不好……」

歪著頭和人類對望，小魚乾突然就往虞因的臉上舔下去。

阻止大狗一直舔上來，虞因抱著狗脖子，只好再度抱歉地看向廚房門口的聿，「改天再賠你點心屋好不好？」總不能把剛來的狗扔在家裡面對新環境。

聿抬了抬手上的鍋子，繼續回到廚房準備晚餐。

看到聿其實已經在準備了，虞因才鬆了口氣，拿出肉條和小魚乾玩了一下之後，就讓狗自己去旁邊啃肉條了。

不知道那團土會檢查出什麼。

順著柔軟的狗毛，虞因皺起眉，想到了地下室的事情。

一共有兩個人……兩個死者。

女性的那個很簡單，應該就是讓他體驗一下死法，這個可能要等二爸他們回來，再「友善」地討論看看。

比較有問題的是掛著的那位。

他完全不知道對方為什麼會突然找上自己，在進入警局之前就已經出現了，所以應該是接觸到某種東西才被對方找上……問題是在哪裡？什麼東西？

仔細地思考了下，虞因不覺得這兩天有碰過什麼不該碰的，他這陣子生活滿規律的，幾乎除了上學、打工，最多就是和聿去吃好吃的，其餘時間就在家，沒有接觸到別種東西。

比較有可能的解釋，或許是從虞佟或虞夏那邊轉移的？

無意識地抬頭，他猛地看見客廳落地窗外是一片黑暗，一雙腳就出現在窗外，慢慢地晃動著。

那種黑是非常深沉的黑，原本在外的路燈已經完全無光，連空氣都停滯住。

身旁的小魚乾又發出嗚嗚的低吼聲。

就像很多人說的，動物似乎對於另外一個空間相當敏感。

還沒想出個所以然，那雙腳就突然不見了，取而代之的是黑暗中好像有個人影，趴在窗台外，睜著一雙血紅色的眼睛看著屋內。

下一秒，影子突然就嗖地聲消失。

猛回過神，虞因才注意到窗外已變回原本的樣子，黯淡的路燈光芒照映在圍牆上。

他轉過頭，看見聿端著一鍋海鮮麵站在客廳入口，疑惑地看著他。

「沒事……」

大概吧。

□

「玖深，你桌上那個土樣本是哪來的？」

傍晚時，去休息室睡兩小時重回實驗室的玖深一踏進去，就聽見裡頭的阿柳發出詢問。

「咦？什麼樣本？」愣了半晌，一時沒反應過來對方在講什麼的玖深呆呆看著友人。

「我下午進來時看到桌上的玻璃皿裡有一些土，以爲是急件，所以幫你壓下去檢查了一下。」朝對方招了招手，讓他來看分析結果，阿柳打開了旁邊的筆記，「老大的案子帶回來的嗎？有血含量。」

「咦……咦咦，不是啊，這是從、從別的地方拿來的。」差點把虞因給供出來，玖深拍拍腦袋，讓自己清醒點。

聽到回答，阿柳反而皺起眉，「不是現場挖回來那一些？」在現場蒐證那時，採集人員有帶回一些土作爲環境備檔。

「不是。」玖深盯著報告看，也覺得不太對勁。土是虞因帶來的，他應該不可能跑去他們的現場挖土，如果他有去，現場的人也應該會注意到。

「那就奇怪了，你仔細看一下，我以爲是現場的，所以幫你開了環境的資料檔，扣掉血含量和一些外在影響因素，這些土和你們帶回來的現場土質基本上是一樣的，我想應該是稍微深層的土。」阿柳邊說邊看著友人的反應，「還有，那個土……」

「阿柳。」打斷了對方的發言，玖深放下報告，臉色發白地往後退了兩步，「讓我先冷靜一下。」他要先平息一下不科學事物帶來的各種衝擊。

「請。」接著阿柳就看到友人啊啊啊啊啊地衝出實驗室了，「記得先吃飽再回來工作喔！」他還好心地提醒淚奔遠去的同僚，想也知道對方加班到下午才去睡一下，肯定還沒吃晚餐。

「你們在做什麼？」

回過頭，阿柳就看見黎子泓走過來，手上還拿著公事包，又一個加班跑來看進度的。

嚴肅起神色，阿柳朝對方招招手，將剛才的分析報告遞過去，先不管玖深的土究竟是哪來的，這件事情本身就有嚴重性。

看過分析結果後，黎子泓皺起眉，「血液含量程度？」

「整個浸潤的，不是一點點，是整個土壤都有血。」這就是阿柳剛剛想問土壤來源的原因，「而且，出現一些皮下組織……奇怪了，血液還滿新鮮的，好像才剛流不久，但是其他物質檢測出來已經有段時間了，和血液的時間點又不一致。」眞是奇怪了，沒道理血是新鮮的，這完全不合理啊。

「……去把玖深找回來。」

五分鐘後，玖深被阿柳架回來了。

「那個土我眞的不知道哪裡來的。」膽戰心驚地看著檢察官和同僚，玖深在心中無限暗罵虞因又給他捅婁子。

「最好是，快點說，這件事情很重要。」阿柳環著手，問道。

「呃……」只好出賣阿因了嗎？

「等等。」站在一邊的黎子泓皺起眉，「你剛剛跑出實驗室……這是虞因帶來的？」在這邊工作有段時間，他完全可以分得出來玖深正常離開和落荒而逃的差異，通常會落荒而逃只有一種原因，大家也都知道那個原因。

而帶來的人通常也只有那一個。

「我沒說！我啥都沒說！」整個人從椅子上跳起，玖深差點被自己的口水嗆到，「就、就……總之就是這樣，我眞的不知道土是哪裡來的，阿因沒有說來源，只說是幫人家拿過來……」

按住玖深的肩膀，黎子泓直接撥了電話給虞因。

「老大不是說不要讓阿因來嗎？」阿柳低聲地說著：「大家最近也都很少和阿因打鬧了，老大跟佟很愼重拜託我們現在不要讓他知道太多事情。」

「他自己跑來的……」無限哀傷的玖深垂下肩膀，他也是千百個不願意。

就在兩人交頭接耳之際，問到訊息的黎子泓掛掉通話，轉向他們，「虞因說他也不知道來源，是……嗯，是以某種方式交給他的。」

雖然他盡量修飾用詞了，但是玖深還是抖了下。

「我和他約好明天去現場。」接收到兩雙瞪大的眼睛，黎子泓嘆了口氣：「我想，即使阻止，他也會用各種方法偷偷去，這樣不如有警方人士在場，比較不容易出意外。」

「說的也是……但是老大一定會來找我算帳的。」一想到即將到來的「大難」，玖深就覺得自己應該趁虞夏還沒殺過來前先換假落跑，順便去收驚。

黎子泓咳了聲，「總之，我和虞因約了上午十一點去學校碰面，他明天早上只有兩堂課。」

「啊，那我一起過去好了。」玖深連忙看了下自己的班表，確定可以下午再進實驗室，「我看一下現場的環境，大概可以知道是哪部分的土層。」

站在一旁的阿柳其實很想提醒同伴那地方可能會有不科學的東西，不過玖深一認眞工作就會忘記有這點……等他想起來再說吧。

反正是他自願要去的。

□

他聽見音樂。

黑暗中，細微的音樂緩緩傳來。

那是幾乎每個小孩都知道的音樂，伴隨著嬰兒愉快的笑聲。

然後，那些聲響消失了。

接著他感覺到隱隱約約的痛。

四周有某種規律的聲音，閉著眼睛都可以感覺到刺眼的光，以及奇異的空氣味道。

全身感覺很疲乏，使不上力氣，連想要睜開看看四周都很困難。

某些人在身邊說話的聲音、某些人在自己旁邊來回走動，在黑暗中感覺格外敏銳。聲音就在身邊，一下一下地跳動著。

然後是淡淡的血腥味。

猛地可以睜開眼睛時，他下意識地往旁邊一轉，在黑暗的空間中赫然看見一個女性躺在自己身邊，蠟白色的面孔對著自己。

那是張毫無表情的臉，近到幾乎可以嗅到冰冷的氣息。

四肢感到緊繃與痲痺，幾乎無法動彈，連頭也轉不開，只能就這樣被迫和對方互視，連一點聲音也發不出來。

不知道過了多久，白色的面孔才慢慢轉開，然後看見她頭顱側邊一整片的血紅，黑與紅的血不斷從那裡溢出，散發一種難以形容的濃重味道。

接著，她以不自然的動作支起身體，喀喀的骨骼移動聲近在耳邊。冰冷的手腳慢慢地按上他的胸口，極寒的溫度和重量讓人瞬間透不過氣。

因爲轉不過頭，他無法看見她在做什麼，只知道那具冰冷的軀體橫過他的身邊，帶著血腥的冰冷氣味呼進了他的耳郭。

找他……

找回來……

那是我的……

找回來……

僵硬的手指貼上他的頸子，寒冷滲骨，血腥的味道幾乎從喉嚨湧上，卻無法吐出。

然後，眼睛從旁邊對上他的——

猛地睜開眼，虞因立刻從床上翻起身打開床頭燈。

幽暗的房間裡什麼都沒有。

抹了把臉，不知道什麼時候出了一身冷汗。他呼了口氣，看了眼時間，才清晨四點多，正想躺回去再補睡一下時，虞因瞄到一絲血紅色。

「搞什麼鬼……」

紅色的血掌印直接蓋在他的枕頭上，不偏不倚就在他剛剛枕著的臉邊。

變成這樣無論如何也躺不下去吧……

有點眼神死地把枕頭套抽起來先扔到地上，虞因決定天亮再去處理，今天還有很多事情要做，得把握時間再睡一下。

再次躺回床鋪，他緩緩吐了口氣，眨眨眼正要重新入夢，一個巨大的黑影突然從天花板上甩下來，差點就撞在他身上，不過在完全下墜前，某種反向拉力重重地扯住了物體，發出了奇異的聲響後，兩條腿懸空地在空氣中晃動。

被嚇了一大跳而本能翻向床的另外一邊，虞因心有餘悸地看著床上方的黑影。

就像前幾次看見的一樣，黑色的休閒褲與運動鞋，輕輕地搖晃，黑暗吞噬了上半身，根本辨認不出更多特徵。

黑暗中，一雙紅色的眼睛從上方俯瞰著他。

不自覺地屏住呼吸，虞因蹲著身慢慢往門邊退，紅色的眼睛就跟著轉向自己，死死地盯著他看。

深深覺得自己可能有一天不是會精神衰弱就是被嚇死，虞因現在多少有點體會玖深的感覺了，一般人還眞的是承受不起這種驚嚇。

不知道何時又被打開的窗戶外吹進了帶著血腥味的風，冷冷地颾進房裡。

他幾乎可以聽見天花板傳來繩子摩擦的嘎嘎聲響。

正想衝出房間時，虞因突然聽見房門外傳來某種刮門的聲音，好像有什麼爪子在外面刨著他的門板。愣了半秒，他才想起家裡現在有隻大狗，一分心再回神，那雙腳已經不見了。

打開門，果然看見小魚乾正在抓他的門，看見門開了，大狗也停下動作。

眨著圓亮的眼睛，小魚乾很自然就鑽進房間坐在床邊，朝著他晃動尾巴。

今天晚上也被嚇得夠嗆了，虞因嘆了口氣，關上窗戶躺回床上，就朝著狗拍拍床鋪，小魚乾也馬上跳上床，很乖巧地窩在虞因身邊。

「你主人該不會也都讓你睡床上吧……」嗅著狗身上淡淡的香氣，也不知道是不是旁邊多個作伴的，虞因很快就靜下心來，有一下沒一下地搓著毛茸茸的脖子。

窗外的黑暗中，身影慢慢地淡化。

打了個哈欠，靠著溫暖的大狗，虞因就開始感覺到睡意又重新回來。

失去意識前，他在狗項圈的內側面摸到一組英文字，好像是電子信箱的樣子，大概是主人的聯絡信箱吧。

然後，他就完全陷入睡眠。

他知道對方在刻意疏遠。

這個世界，人一開始長大，就會開始不同。

年少時候的過去會開始褪色成爲一種回憶，原本同樣筆直的路途也開始分裂成兩邊。

他走左邊而他轉向右邊。

降雨的回憶、烈日的記憶都開始不復存在。

樹將根深深扎入泥沼之後，就註定了永遠存留在那裡，直到盤根錯節、編織纏繞，這才發現已經掙脫不了。

走遠之後，連背影都不會再見。

□

翌日上午，虞因很快結束了兩堂課。

給小魚乾脖子上的信箱發了封信件之後，他才收拾背包，離開教室。

十點二十分，離約定的時間還有一會兒。

正打算去校內餐廳消磨時間，一轉過走廊，虞因就聽見貓叫聲。

半是疑惑地走出走廊，跟著聲音轉進學校一角，他看見一群野貓又在打架……最近學校裡面有這麼多野貓嗎？

而且打架現場中心還是之前看過的那隻白底灰黑斑紋的貓。

這到底是誰家的貓啊？

虞因直接出聲喝退那群野貓，和之前不同的是，那隻有項圈的貓居然留在原地，一臉警戒地看著他。

「你是誰家的貓啊？」蹲下身，虞因看這隻貓好像沒有要離開的樣子，想了想，他從背包裡翻出早上玩小魚乾用的雞肉乾。

沒想到貓看見雞肉乾之後，居然緩慢地靠了過來，不過還是離他有點距離，看來果然是有人養的貓。

拿著肉乾晃了晃，虞因覺得有點好玩地等貓自己靠過來。

似乎對於人類不把東西放下就滾開的舉動感到有點焦躁，貓在四周走來走去，眼睛就是盯著肉乾看。虞因這時才發現這隻貓的雙眼顏色竟然是不一樣的，一邊是藍色，一邊是金綠色，看起來非常清澈漂亮。

有著不同瞳色的貓發出不悅的喵喵聲，繞著他走兩圈之後，突然靠到虞因身邊嗅來嗅去，虞因就保持著姿勢不動，隨便貓去聞，他覺得滿有趣的。

又狐疑地走了一小圈之後，貓突然一個急速的飛竄，等虞因反應過來時，手上的肉乾已經被貓一口搶走了，而且貓還跳飛很遠，拉開一段距離之後才慢悠悠地回過頭，用一種虞因覺得好像是在看白痴的眼神回望。

雖然很想說服自己那是錯覺，但是虞因眞的覺得自己被貓鄙視了。

難怪會被野貓圍毆！

正想壞心眼地衝上去嚇貓，貓突然放下肉乾，轉頭朝著另一邊喵喵叫著。

抬起頭，虞因看見一個男人從反方向走來，接著貓咬住肉乾，三兩下就跳到對方身上。

看來應該是主人了。

發現貓叼著肉乾後，主人也驚訝了一下，接著才看見虞因和他手上的包裝袋，「不好意思，貓給你添麻煩了。」

男人抱著貓走來，虞因也正好站起身。

目測看來，這個人不是學生，看起來大概三十歲上下，一身休閒服裝打扮，好像和嚴司他們差不多年紀，剛剛對方走過來時虞因就注意到他走路的動作不太俐落，有點一拐一拐、速度也不快，不知道是受傷還是天生的。

「不會，你家的貓這兩天都在跟野貓打架。」看著那隻貓窩在主人手上，甩著尾巴悠悠哉哉地吃掉肉乾，虞因超想往貓臉上掐下去。

「……做這麼多壞事嗎？」頓了頓，主人有點尷尬地苦笑，「老實說，牠這兩天走失了。前兩天我出了一趟門，寄放在朋友家，結果朋友疏忽沒關好門，牠就跑出去，今天早上才突然自己回家。」

「喔喔，還好有找到，你家的貓滿漂亮的，很容易被抓走喔。」先扣掉貓鄙視人那部分不說，虞因是真的覺得這隻貓很漂亮，不管是眼睛還是毛色，看來主人照顧得很好。

「啊哈哈……這隻貓脾氣很壞，你剛剛應該沒有受傷吧？」微微偏過頭，主人打量地看著大學生。

虞因搖搖頭。

「真稀奇，只要有人想摸牠都會被抓傷，尤其是陌生人。啊，忘記自我介紹，我叫葉桓恩，剛搬來這附近沒多久。」和虞因握了下手，葉桓恩摸了摸貓，貓也跟著發出兩聲叫，

「這傢伙叫作雞肉乾。」

「我叫虞因……等等，貓叫什麼！」愣了一下，虞因有種「剛剛不是聽錯吧」的驚愕。

「雞肉乾。」葉桓恩比了比虞因手上的袋子。

這個人眞的很沒取名字的天分，但是問題不在這，虞因一把按住對方的肩膀，嚴肅地開口：「你該不會剛好有隻狗叫作小魚乾，也走失了吧！」他現在才發現貓脖子上的頸圈和小魚乾的一模一樣。

「咦，你怎麼知道？」

「你家的小魚乾現在正在我家。」

□

十一點整，黎子泓把車子停在大學旁邊。

幾乎才剛熄火，他就看到虞因跟個抱貓的陌生人有說有笑地走出來，接著和對方打了招呼，才往這邊跑過來。

「那個人有點眼熟。」坐在副駕駛位上的玖深瞇起眼睛，因爲陌生人一下子就轉頭走了，沒看得很清楚，所以他也想不起來有沒有見過。

「黎大哥……咦？玖深哥也在喔？」靠近車窗邊後，虞因就看到多出的人。

「那是你朋友？」歪著頭，玖深很好奇地開口詢問。

「喔，昨天不是說撿到狗嗎，超巧的，剛剛遇到狗主人，就是抱貓那個。不過今天小聿去方苡薰家，把狗也一起帶過去了，所以我跟他約好晚上回家裡帶狗。」打開了車門，虞因直接鑽進後座，今天因爲和黎子泓有約，他乾脆直接搭公車過來學校，省得又要跑回來牽車。「剛才聊了一下狗的事情，他人很好，還說有空可以去他家玩，他家也有很多遊戲和運動器材，還有靶子可以玩飛鏢！」

「眞是好人！」玖深馬上倒戈。

「你們要先去吃飯嗎？」負責開車的黎子泓瞄了眼兩個聊起來的乘客，隨口問道。

「阿因你要先吃嗎？」玖深問著後座的大學生，這趟下來肯定會弄到超過午餐時間，不管是他還是另外兩個，應該都不會想在棄屍現場啃便當。

「我不介意在車上吃，先去現場吧。」知道他們現在還是上班時間，虞因很快地回答：

「啊，我記得這附近路上有賣超大飯糰，中午就吃那個吧！」

十分鐘後，他們就載著飯糰和豆漿直奔棄屍現場。

昨天接到黎子泓的電話後，虞因一直隱隱約約覺得不對勁。咬著飯糰，他開始思考兩名死者到底想要做什麼，急到半夜都不讓他好睡，今天早上要處理掉枕頭套時還要避過他家大爸、二爸的視線，才順利將血手印枕頭套挾帶出來丟掉。

既然帶來的土是在棄屍現場，說不定到那邊可以找到點什麼。

「宋蕙純，死於顱內出血。」等待紅綠燈時，駕駛座上的黎子泓突然丟來這句話。

一邊正在啃飯糰的玖深差點被嗆到，用力地連咳好幾聲。

「嗯，我知道，撞在牆上一下，地面大概有七、八下，力道都很重。」虞因淡淡地回答：「幾乎沒有間隔。」

「這樣嗎……」看來凶手應該是男性沒錯，黎子泓在心中下了結論，繼續開車。

「對了，好像有小孩，有聽到音樂聲和小孩的聲音。」虞因補充了句：「我覺得應該是嬰兒，那個感覺滿像嬰兒。」

有小孩這件事還沒向外界透露，黎子泓點點頭表示曉得，「哪種音樂？」

「就那個、你們應該也聽過吧。倫敦鐵橋垮下來、垮下來……」那音樂實在太耳熟了，以前小時候常常聽到，所以虞因馬上就認出來。

「知道了。」

很想哀號叫他們不要在吃飯時候講不科學的話題，但是事關案件，玖深也只好苦著臉，假裝沒有聽見不科學的部分。

短暫提供訊息之後，車內又沉默了下來。

就在虞因把吃完的包裝袋揉起來同時，車子也開進了山邊區域。

因爲並非第一現場，所以採證完之後區域人員就已經全撤了，現在也只剩下很多垃圾留在原地。

第二次來到這裡的玖深下了車後，給虞因比劃了一下棄屍位置，「你給我的土就是這裡的，不過那個土應該不是地表土，我們有採集一些深層土壤，比對之後可能有點深度。」

「嗯。」點點頭，虞因呼了口氣，在黎子泓同意下，他慢慢地摸進去棄屍現場。現場實在是沒什麼可參考的地方，垃圾很多，也有著揮不去的惡臭，蟲蠅更別說了，他邊走都邊覺得腳底癢起來，實在是很不舒服。

其實也不知道該幹什麼，他走了走，發現山邊的空間其實也不小，一眼望去沒堆積垃圾的地方幾乎都是雜草，有些都比人高了。

「要幫忙嗎？」雖然有點害怕，不過玖深還是邊抖邊跟上。

「呃，看狀況好了。」正想往前走看看時，虞因突然聽見草叢中傳來聲響，好像是什麼巨大的東西在裡面移動……正確來說，他覺得那個聲音不像是走路，好像有什麼東西往他們這邊爬過來。

顯然沒注意到那個聲音的玖深貼在他背後，正在左右張望看看有沒有什麼可疑物品。

不著痕跡地擋在玖深前面，虞因屏住呼吸，瞪著已經開始騷動的草叢。

他先看到的是一隻手。

沾滿泥土且已經半腐爛的手從草叢裡探了出來，按著地面，喀噠一聲突出了骨頭。接著是第二隻同樣半腐的手，一雙紅色的眼睛出現在那後面。

虞因不知道應該怎麼形容這種慘況。

從草叢後爬出的半具身體是非常淒慘的模樣，混著血的泥土包覆在完全腐爛的軀體上，兩隻手都朝不自然的方向扭曲，移動，骨頭就不斷從爛肉中刺出，連帶勾起了殘缺不全的肌肉。

看不出面貌的臉上有雙紅色的眼睛，已經爛到牙根都清楚可見的嘴巴一張開就吐出爛泥。就像某種蟲子般的人體不斷爬動著，已經折斷的腳幾乎只剩下皮是連著的。

一移動，就傳來一股令人暈眩的惡臭。

他看見不斷想要說什麼的嘴巴只能發出嘶嘶的聲音，緊緊絞在他脖子上的麻繩一圈又一圈，將脖子的殘肉給分成了兩半。

在死前，連喘息都無法做到一定是非常痛苦的事情。

連人的樣子都不算，手腳折斷只能在地上掙扎的樣子非常恐怖，但是他只感到很難過。

用力地抹了臉上的眼淚，虞因一句話都說不出來。

人在殺人的時候，有時候手段會凶殘到無法想像。

他毫不猶豫地邁開腳步，沒聽見玖深訝異的喊叫，越過了地上的東西，撥開了割人的雜草，毫無懷疑地向前走。

然後，他走到一個幾乎沒什麼草的地方。

這裡同樣堆滿了垃圾，甚至有大型家電，沒有門的冰箱積滿了黑褐色的水，上面有許多蚊蟲，水裡有滿滿的孑孓跳動著。

他用力推開了冰箱，拉開了各種垃圾——

最後看見一小截麻繩從土壤裡冒出來。

「阿因，沒事吧？」

甩著被雜草割出血珠的手，匆匆追上來的玖深很擔心地問道。

蹲在地上，虞因用手背擦了擦痠澀的眼睛，「沒……玖深哥，有辦法把這裡挖開嗎？」

沉默了三秒，其實有被虞因的樣子嚇到，玖深覺得自己腦袋有某部分快當機了，不過還是僵硬地點點頭，「我、我打電話找人過來……」說著，他就撥了手機回局裡請求支援。

撥弄了一下深入地面的那截麻繩，虞因吐了口氣，站起身，「黎大哥呢？」

「咦？好像沒跟上來。」回頭看了看，玖深才發現黎子泓竟然反常地沒跟上來，平常這種時候他應該會二話不說跟著一起過來。

「該……」

砰——！

虞因才剛要開口，一個巨大聲響直接打斷他的話。

幾乎是反射性動作，玖深立刻轉頭衝回停車處，後面的虞因也馬上跟著跑過去。

翻出草叢之後，遠遠地，玖深就看見黎子泓和一個陌生人扭打在一起，地上躺著根棒球棍，一旁的車子引擎蓋整個被砸得凹陷進去，剛才的巨響就是這樣發出的。

「警察！不准動！」注意到陌生人手上握著蝴蝶刀，玖深立刻大喊。

狠瞪了後來出現的干擾者一眼，原本想把刀往黎子泓身上捅的青年罵了句髒話，接著用力一揮刀逼開了黎子泓，轉身跳上一邊的機車，立刻加催油門逃逸。

跑了幾步之後玖深就放棄追逐，立刻撥了電話去中心請求支援和攔截。

「黎大哥你沒事吧！」看黎子泓手上見紅，虞因趕緊翻找車上有沒有應急的用品可以包紮。

「不要緊，不是嚴重的傷。」只是被對方的刀劃到一下，黎子泓檢視了右手臂，因爲有西裝擋著，所以只拉出了約十公分左右的輕微割傷。比較可惜的是西裝外套和襯衫就這樣毀了，這套衣服他穿很久，一直捨不得換新的。

不過和車子比起來，衣服似乎還算是損失輕的了。

看著整片凹下去的引擎蓋，黎子泓嘆了口氣。

剛才虞因和玖深跳進去現場後，他原本也要跟進去的。停好車正打算尾隨時，突然就被攻擊者一棍打下來，幸好他反應算快，避開了鋁棒，接著第二棍就砸在車上，直接砸毀了引擎蓋。不過力道太大，球棒也因此彈飛，所以對方才改用蝴蝶刀攻擊。

黎子泓很確定剛才來的路上並沒有被跟蹤，而這種地方也沒有任何住家，突然冒出攻擊者也讓他很訝異。

「現在應該在包抄那個人了。」收起手機，玖深從車內拿出自己的工具箱，他本來只是習慣預備帶著，沒想到竟然派上用場。「黎檢你最近有得罪人嗎？」

「或許一直都有。」當檢察官這麼久，黎子泓多少遇過類似的攻擊。不管判決結果如何，總是會有人憎恨執法人員，當中有少數就會將這種惡意化爲行動，進行自以爲是的襲擊。他的同事中也有人被槍擊過，也有人被痛毆住院，甚至有人因爲經辦重大刑案被警告妻小安危，沒有人可以知道哪天又會跳出個什麼來找他們麻煩。

「嘖嘖，這個維修應該不便宜。」翻找到很多ＯＫ繃，虞因在對方搖頭下，只好把東西暫先放著。不過看來傷口眞的不深，很快就止血了。

看著大概要送廠一陣子的車，黎子泓開始思考要不要去借用某個宣稱會爲朋友赴湯蹈火的傢伙的車子。

不久之後，來了轄區員警報告狀況，大概又過了十幾分鐘，阿柳和小伍就帶著四、五個人過來幫忙了。

「幸好老大出去查案子，不然你們大概會被剝皮吧。」阿柳看著一旁抓臉表示無辜的虞因，嘖了聲。

「我覺得說不定回去也會被剝……」玖深覺得自己差不多要看風水了。

「你們要挖什麼啊？」小伍疑惑地看著整片草叢和垃圾堆，不知道是不是昨天他們這邊的案子還有什麼問題。

「啊，這邊。」帶著支援的人，玖深領著他們往剛剛那個位置走。

沒多久，員警就傳來順利抓到人的消息，暫時先押在轄區派出所等他們過去。

不過員警詢問時，對方一直否認有什麼意圖，不斷強調只是路過看黎子泓不爽，很討厭這種穿西裝襯衫的人，所以一時火大才攻擊。

掛掉電話時，玖深那邊也開始騷動了。

「挖到了！」

□

「所以……」

看著檯子上新鮮……應該不能說新鮮。嚴司看著新進的屍體，環顧著眼前一群友人，「同一個地點，兩具屍體？誰先開頭的？」竟然沒跟他說有尋寶遊戲，他突然有種被遺棄的感覺，大家都有好玩的，就把他丟著自己一個。

「虞因。」

「阿因。」

黎子泓和玖深給了一樣的答案。

「大師呢？」他是有看見屍體、檢察官和鑑識員警，但是沒見到通靈人。

「先送回家了。」來這裡之前，隔壁的檢察官已經先借車繞路將人送回府。玖深咳了聲：「阿柳他們現在正在現場做蒐證……」

看著被送進來的腐屍，嚴司很認真地看著他家前室友，覺得自己有必要解釋一下，「你知道嗎，雖然我有說爲了朋友千里迢迢來幫忙，但是那個千里迢迢裡面不包括過勞死。」

「有什麼看法？」直接略過廢話，反正是他自己要來上班的，黎子泓完全忽視對方的討人情。

嘖了聲，嚴司按了按還沒處理的腐屍，「看這個程度，死亡應該超過一、兩個月了，鼻子和嘴巴裡面都有土，我剛剛瞄了下，喉嚨裡面也有，八成是被活埋的，我跟你打賭，肺裡面應該也有。」

「我還以爲是勒死的。」看著屍體脖子上的麻繩，玖深拉拉手套，雖然想過去幫忙取證物，但是這屍體的狀況實在是有點可怕。

腐爛得很嚴重的屍體，手腳全都折斷了，不管是手腕還是手肘的關節都被打斷，腳的膝蓋和腳踝的骨頭也全都折出，連肋骨也斷了不少根；挖開土壤時，屍體呈現一種無法形容的扭曲狀態，說是不成人形也不爲過。

幾個現場幫忙的員警看到這種慘況，也有人忍不住就去一旁吐了出來。

「看來他死前被虐待得很厲害，看這個樣子應該是經過慘無人道的拷問吧。」稍微檢查了下腐屍的狀況，嚴司也發現不少創傷痕跡，連頭部都有凹陷，「有個恐怖故事是這樣講的，繩子掛在脖子上不一定是造成死亡……」

「有一種拷問，是將繩子纏在受害者的脖子上，用力地勒緊到無法呼吸，然後在死亡之前鬆開，再勒緊，不斷重複。」冷冷地打斷嚴司的話，黎子泓開口：「那個不是故事，是眞實的事情。」當年他還很年輕，當時正在審理的嫌犯拿這種道上事情來警告嚇唬他，是很一貫瞧不起人的做法。

玖深摸摸自己的脖子，突然覺得有點痛。

「反正切下去之後就知道了，是勒死的還是活埋，切完見眞章。」打了個哈欠，嚴司認命地繼續續攤。他很誠懇地覺得今年大家的加班時數應該都會破錶，而且還是遠遠超越其他單位的那種破銇法。

「那、那我等等過來幫忙。」決定出去做一下心理建設，玖深用力呼了口氣，「五分鐘後回來。」

看著衝出去的鑑識員警，嚴司嘖嘖了兩聲，「玖深小弟這樣不行喔，阿飄也怕屍體也怕，何時才會鍛鍊出勇者無懼的心臟呢？」

「他有很努力在克服。」黎子泓轉回視線，盯著屍體。

「這臉爛成這樣，他大概死前臉也腫得跟豬頭沒兩樣，我整理好會幫你送一份去做顏面重建，希望做出來不要太醜。」拿過旁邊的相機，嚴司先開始做準備工作。

斜了一眼旁邊的友人，黎子泓想了想，開口：「可以先傳一份給我嗎？」

「你要拿去給小東仔嗎？」

「我想讓他多和人接觸，不管以什麼方式。」默認了嚴司的問話，黎子泓淡淡地說：

「而且他的確有那個手藝可以協助警方。」

「小東仔應該會把東西砸在你臉上然後摔門吧。」嚴司深深覺得有百分之三百的機率會發生這種事，「大檢察官你幹嘛這麼在意小東仔啊，那小子就算沒我們還是活得很自在啊……」

聽著友人的咕噥聲，也知道東風其實很討厭這些做法的黎子泓嘆了口氣，「我最近聯繫上當年承辦他們相關案件的警方人員，也打聽到當時被撤職檢察官的去處，打過了電話，但是雙方都三緘其口，不太願意說明當時的狀況。」

「他鄰居的事情？」停了下，嚴司才想起來惡搞鄰居的事就是他對面前室友辦的，那麼就是另外一件了。「你是說，小東仔國中學校的那件？之前你去查他背景時，不是說那是懸案嗎？而且和小東仔並沒有直接關係，他只是死者認識的人之一，當時有不在場證明，也已經被排除嫌疑。」

「是的，我前陣子申請案件，好不容易申請過來，調閱之後才發現死者的母親前幾年已經死亡，她死後東風就立即休學，雖然不知道有沒有關聯，但案件中的疑點很多，當年承辦人員不是撤職就是調派其他單位……」皺著眉，黎子泓揉揉額頭，思考著應該從何下手。

嚴司伸出手，「屍檢報告？」

「下次帶過來給你。」

「嗚啊，又要做白工了。」用力拉拉筋骨，嚴司露出又得額外包工、很不划算的表情。

「不是有人爲了好朋友不惜千里迢迢跑來並放棄假期嗎？」

「嘖……」沒好氣地白了對方一眼，再度被反將一軍的嚴司決定重申立場：「那種事情不是這樣無限上綱的。」

「這種話從一個當時我連續開庭、手上有幾件案子，三天沒睡卻還得在半夜接越洋電話聽整整兩小時的騷擾者口中講出來，實在是很沒有說服力。」而且黎子泓覺得好像也不只這麼一次。

「大檢察官，你這是記恨嗎？」他當時哪知道對方加班加這麼嚴重，而且他問了有沒有很累，是眼前的傢伙先回答「還好」，他才有福同享地分享一下國外新知咩……好吧，可能次數多了點，誰教他怕朋友寂寞。

「說明白點，是的。」

「太記恨會長不高喔。」

「並沒有那種說法。」看了一下兩人差不多的身高，黎子泓挑起眉，「如果有，那麼你是算高還是算矮？」

去外面呼吸新鮮空氣的玖深回來，正好看見嚴司一臉吃癟的表情。

「你們怎麼了啊？」

「沒，我正在深深地體會被親友怨念的感覺。」嚴司回以哀怨的表情，「我前室友好像巴不得甩開我，讓我感覺到森森的涼，透心涼啊……」

「咦、什、什麼？什麼東西？」完全反應不過來，玖深愣愣地看著眼前兩人。

「不用管他。」黎子泓搖搖頭。

「總之我前室友翻臉無情，膩了就要走，這年頭的男人真沒良心。」嘖嘖了聲，嚴司很無奈地戳著屍體，「希望你不是也被拋棄啊，知心好友真難找，一找到就要死死巴住才好。良言名句，記得下輩子要用上。」

「你到底要不要工作！」黎子泓覺得自己快要忍耐到極限了。

「是、是……用完踢開又繼續用啊……唉……」

「……」

□

虞因到家時差不多是七點左右。

一打開門，小魚乾馬上衝出來，興奮地直搖尾巴。

中午還沒去現場時，他在車上有給聿和虞夏發了簡訊說找到狗主人，約好了晚上八點過來帶狗回去，所以聿才會提早回來吧。

「我回……」

話還沒講完，虞因就看見一隻貓端坐在他家鞋櫃上，用一種很可惡的角度斜視他。聿從客廳探出頭，後面則走出葉桓恩。

「不好意思，我提早到了。」貓狗主人有點抱歉地笑了下，「還是想先確定小魚乾狀況，不知不覺就早到很多，幸好弟弟在家。」

摸了摸小魚乾，虞因趕緊走進客廳，同時也看見放在桌上的一大盒蛋糕，估計是對方帶來的，「沒關係啦，我想小魚乾應該也很想快點回家。」

「說來也眞奇怪，小魚乾和雞肉乾平常不會親近外人，沒想到對你們很友善。」葉桓恩有點驚訝地說，他進來後發現貓和狗都不排斥這個陌生環境，感到相當地驚奇。

那隻貓那副樣子叫作友善嗎？

他眞的覺得應該不是他的錯覺，剛才那隻貓擺明了就是在藐視人類，看起來一點都不友善啊！

虞因其實很想吐槽，不過還是和客人一起在桌邊坐下，聿立即就去幫他倒茶了，小魚乾就跟在聿旁邊團團轉。

「不過眞的很巧，沒想到會在學校遇到主人。」接過茶水，虞因看見那隻雞肉乾姿態高傲地從走廊走進來，活像正在走紅地毯的女王般，接著往櫃子上一跳，找了高處窩了下來，自然到這好像是牠家一樣。

「是啊，眞的很巧。」也同意這件事情，葉桓恩說道：「不過你家的兄弟還眞不少，希望小魚乾在這邊沒有添太多麻煩。」

循著對方視線看過去，虞因知道他看見放在玻璃櫃後面全家福的照片，那是不久之前虞佟、虞夏跟聿和自己拍的合照，所以他咳了聲，「雙胞胎是我爸爸……」

葉桓恩的表情空白了幾秒，接著尷尬地咳了聲：「這、這樣啊，希望沒給你們全家添麻煩。不過你父親怎麼還沒回家？」

「喔，我爸是警察，所以下班時間很不一定，小魚乾也是在我爸出勤時跟回來的。」看著在主人旁邊趴下的大狗，虞因說道。

聽到回答，葉桓恩頓了下，露出若有所思的表情，「難怪……原來如此。」

「？」

「不，我是說你父親還眞辛苦，這種時間還在忙。」笑了笑，葉桓恩思考了半晌，才再度開口：「雖然這樣感覺很唐突，不過我想請問一下，小魚乾和雞肉乾可以寄放在你們這邊嗎？」

「咦？」虞因和聿同時愣住。

「抱歉抱歉，我的意思是，因爲找不定時會出遠門或是長時間不在家，但是小魚乾和雞肉乾好像不是很喜歡我寄放的朋友，之前寄放在寵物店也把店員抓得都是傷。我覺得牠們好像很喜歡你們，所以才冒昧地想請問，如果你們不介意的話，下次可以寄放你們這邊嗎？讓牠們在庭院活動就可以了，當然飼料等消耗花費的我會完全負責。」摸著旁邊的狗，葉桓恩有點尷尬地補充。

「我想應該是沒問題啦，不過還是得跟我爸他們報備一下。」瞄了眼，旁邊的聿還在盯著狗看，虞因想想也無所謂，虞佟、虞夏都不是會介意這種事情的人，家裡以前也借人放過各種東西，沒什麼大問題。

「那就先謝謝了……時間不早，我先回去了，再次謝謝你們照顧小魚乾。」葉桓恩站起身時，櫃子上的貓立即跳下，直接輕巧地抓在他的背上。

送人離開時，虞因順便把那些狗零食、狗飼料都打包起來給對方帶回去，葉桓恩一直要付錢給他，被他拒絕了，反正家裡也沒其他動物可以吃。

雖然才來短短一天，不過一離開後房子裡好像突然少了點什麼。

朝離去的車子揮揮手，虞因有點好笑地搖頭返家。

正要關上大門時，一個巨大的黑影突然從他正上方掉下，砰地一聲巨響直接砸在腳前。

整個被嚇了一跳，他看見爛泥般的人形在地上緩緩地爬動著，紅色的眼睛直勾勾地向上盯著他看。

幾乎本能地往後退開好幾步，虞因連忙關上大門，接著就聽見有什麼東西撞在門的下方，不斷地咚咚咚重複碰撞。

「檢察官已經在處理你的案子了，他們會盡力幫忙你。」

不知道有沒有聽到他的話，外面又傳來一記沉重的撞門聲響，接著才安靜了下來。

嘆了口氣，虞因打開門，門外已經什麼都沒有了。黑暗中，一團東西掙扎扭曲著，爬出他家的圍牆外。

明天……明天再問問看好了。

他知道自己需要的是這樣的選擇。

人遠比人自己想像的還單純，生活可以很簡單，途徑也可以很簡單，往往只有一種模式，選擇和不選擇可以概括一切。

如果不想被拖入泥沼，就必須遠離。

人，應該要選擇正向而光明，不是貪戀回憶而跟著沉淪下去。

所以選擇並沒有錯誤，也沒有任何後悔。

只是總在忙碌生活之餘偶爾會想起來，是不是可以多做點什麼，好讓自己能夠脫離。

所有的事情都很簡單。

生活，要掙扎與不掙扎而已。

但是摀住眼睛的時候，是不是能夠忍住不從指縫中窺看？

□

「這又是怎麼回事？」

看著桌上的報告，已經接近十二點才回到局裡的虞夏轉向旁邊的小伍。

「……同地點屍體再追加一具。」小伍開始在內心詛咒小隊其他同僚，挖是大家一起挖的，結果下班時間一到全部人都落跑，留他一個人面對恐怖的未來，這就是欺負菜鳥嗎？

面無表情地翻了報告，虞夏大概可以猜到發生什麼事，所以他只淡淡地向特地留下來等他的小伍說了句：「你先回去休息。」

鬆了口氣，本來以為會遇到暴龍滅世的小伍立刻收工奔回家。

今天跑了很多地方的虞夏有點疲累地坐回桌前，隨意扔了外套和鑰匙，就先趴在桌上休息。

沒多久，他就嗅到淡淡的香味。

「辛苦了。」

一抬頭，果然看見虞佟走進他的辦公室，手上還提著宵夜。

「飆車族處理得怎樣？」抹了把臉，虞夏坐起身，用力地拉拉筋骨。

「多多少少有遏止一些，主要的還沒抓到，不過暫時可以不用再過去支援了。」放下宵夜，虞佟邊打開食物邊看向一邊的報告，「你這邊進度？」

「下午跑了不少地方，得知宋蕙純這一年來跟一個男的來往很密切，請一些有留監視器檔案的店家提供錄影畫面，但是沒找到什麼有用線索。另外也調了通聯記錄，發現她的手機和兩、三個號碼有保持聯繫，其中一支是美容院，美容院的老闆證實她有身孕，直到四個月前都還有預約，那時候聽說懷孕已經九個多月快生了，後來就沒看到人了。另外兩支已經查出來，兩個都是私人號碼，明天想再去跑一趟。」接過關東煮，虞夏看著白色淡淡的霧氣，「沒想到一回來就看到阿因又給我找麻煩了。」

「嗯？就是新的那具屍體嗎？」剛剛回來，虞佟多少也聽見了同事在說同一個地點又找到另一具。

「是啊，而且是拷問式的虐殺，現在等阿司和玖深那邊的報告看看……我等等再去一趟現場好了，沒親自看過總覺得怪。」把桌上的初步報告推過去，虞夏有點無力地說道。都說過幾次不要在現場亂跑，竟然還趁他不在跑出來挖屍體！眞是欠揍！

翻開檔案，虞佟第一眼看見的就是屍體慘不忍睹的相片。

正想開口說點什麼，虞夏辦公室的門突然被人推開，不知道爲什麼，還留在局裡的王克桎站在門外，皺起嚴肅的臉，「你們兩個留在這裡幹嘛？」

虞夏拍拍桌上成堆的檔案，懶得回答對方。

王克桎走了進來，看見了虞佟桌邊的照片。

「王警官不如一起吃宵夜吧。」微笑地邀請對方，虞佟說道：「你也加班辛苦了。」

「外面那堆吃的都是你買的嗎？」剛剛走過來時，王克桎的確看見有個裝滿熱食的大袋子，一旁的員警好像都很習慣地自動有說有笑地拿來吃，「自掏腰包拉攏其他人嗎？」

「與其說拉攏，當我們自己有了食物吃的時候，其他同事卻還餓著肚子，這樣一想，不自覺就會買很多了呢。」不以為忤地繼續保持笑容，虞佟完全不介意對方的話，回以理所當然的答案：「而且，會這樣做的也不只是我，如果大家都習慣互相照顧，工作上會更融洽，不是嗎？另外，如果要加班，不如多少吃一些吧，保有精神才會減少失誤。」

看著對方遞過來的關東煮，王克桎冷哼了一聲，「一堆歪理。」

不過，還是收下了食物，接著就轉頭走出去了。

等門關上後，虞夏才不爽地用力咬住米血順便磨牙，「臭老頭。」

「我們再過十一、二年也是那個年紀了。」虞佟有點好笑地搖搖頭，其實他們根本沒資格說別人老頭吧，他們的年齡差距沒那麼大，「那麼，另外這具屍體不知是得罪到誰……」

「看起來應該和宋蕙純沒有直接關聯，兩個的手法不同，真是的。」抓抓頭，虞夏只覺得超煩躁，「這種時間還調來個煩死人的傢伙！」

「不過這種時間，王警官爲什麼還在局裡，督察室那邊應該已經下班了才對。」知道自家兄弟就是不想回來吵架才會在外面奔波一天，虞佟無奈地笑了笑。都在同一個工作地點上班，這種狀況也只能等時間來緩解。

「鬼才知道他要幹嘛。」雖然是這樣說，虞夏還是翻找了桌上的檔案夾，然後抽出一份給對面的兄弟，「我稍微看了兩個月前那場槍擊案件檔案，王克桎是當時的小隊長。」

虞佟翻開檔案，也不知道虞夏是什麼時候、用什麼方式去弄到的，看他是從一堆檔案裡面抽出來，肯定已經放了有些天。

不過自家兄弟不是會挾怨報復的人，估計只是被煩到受不了才去看看對方之前的狀況。

「咦……他是偵查隊的？」看著對方的經歷，虞佟有點意外，看起來是很一般的員警，沒有破過什麼大案，但小案件偵辦得也算不錯，並沒有太多疏失紀錄。交友上，該說背景還滿硬的，除了有朋友在法界和政壇外，兒女也都在警局中任職，妻子是公務員退休，前年因病亡故。

但是他卻只是偵查隊小隊長。

通常有這種背景又有年紀的人，應該已經安插在差涼錢多的位置了。但從檔案看來，王克桎選擇在偵查隊等退休，也不知道爲什麼。

兩個月前，王克桎的小隊獲得可靠消息，得知北部一處大樓中暗藏煉毒工廠，且獲悉一些內部不法交易的情報，於是開始監視。

但是不知道哪裡出了差錯，就在要布署收網的前一天，被監視的嫌犯好像得到什麼消息，突然全部撤離大樓，警方想跟上去時對方竟然直接開火，且火力強大，遠遠超過他們的預估。

當時是上班尖峰時間，嫌犯直接闖入車站開槍，當場造成了路人傷亡，附近一名巡邏員警爲了疏散民眾來不及避開，被歹徒數槍擊殺。

之後警局調派更多人手，才終於順利擊斃一名歹徒，另外抓下三名同黨。

這件事似乎被有意壓下，過了幾天之後媒體就不再報導，也沒有後續追蹤，只發布破獲毒品和一批槍枝的新聞，接著很快就被民眾遺忘了。

後來，王克桎就調來中部。

檔案上並沒有寫明確切原因，但是這種異動很顯然是有人幫忙，大概也是想說調來比較安全悠閒的地方，讓他直接等待退休吧。

這件案子很顯然是內部消息被洩漏出去，所以那些凶嫌才知道自己被警方盯上。

現在北部警局應該也還在焦頭爛額地釐清這些事情吧。

蓋上了檔案記錄，虞佟嘆了口氣，「你還是別去惹他吧。」

「所以我這兩天才都在外面啊。」虞夏有點憤慨地說著：「還順手抓了搶劫。」他就是不知道對方不滿他什麼，不過反正局長和很多人也對他很不滿，想想也就算了。

總之，還是先處理手頭上的事情吧。

□

第二天，阿柳一早踏出電梯時愣了有幾秒。

他看見某個應該不會出現在這邊的普通民眾臭著臉，拿著很大一盒東西站在外面。

「東風對吧？」雖然和對方沒什麼交集，不過阿柳仍記得，光從體型判斷就太好辨認了。「你怎麼站在這裡？」

「我學長叫我在這邊等，他在路上。」看了眼對方的名牌，東風冷冷地開口：「剛剛有個氣色差到好像快死掉的傢伙叫我去休息室等。」

「……玖深又睡在這裡了嗎？」不，搞不好根本沒睡，阿柳有點無言，只好說道：「你怎麼不進去等？」

「我把東西交給我學長就走。」根本不想待太久的東風想了下，立刻把手上的大盒子往對方懷裡塞，「給你們也一樣，再見。」眞是，剛剛應該把東西丟給那個人，還在這邊傻傻等半天。

一手抱住盒子，阿柳非常自然地抓住要落跑小孩的領子，接著往裡面拖，「既然黎檢察官請你在這邊等，你就在這邊等吧，休息室在這邊，不用客氣。」

無視對方的掙扎和其他同事好奇的目光，阿柳直接拽著人進休息區，果然看見快要變成乾屍的玖深正打開泡麵。

幾乎才剛進來還沒開口，後面就傳來腳步聲，一回過頭，黎子泓正好到達，而且後方還附帶個嚴司。

「我只是吃個早餐，陣仗不用這麼大吧。」連一口都還沒咬，玖深看著門口一堆人，突然覺得有點驚悚。

「剛好，我和大檢察官也還沒吃，直接繞過來找小東仔，我看就大家一起吃吧。」露出陰險的微笑，嚴司把堵在門口的人都推進去，順便把自己手上的早餐袋放到桌上，「玖深小弟，常常吃泡麵會營養失調喔，你們樓下不是有家很難吃的早餐店嗎？」

「就、就懶得下去……」猛然驚覺肚子餓時已經是早上了，實在是餓到不行的玖深爬出了實驗室，才剛弄了一碗泡麵就變成現在這樣了。

「那就一起吃吧。」嚴司打開自己的袋子，好像在野餐一樣將裡面的餐盒都翻出來，幸好今天有買比較多。

玖深都還來不及歡呼，就看到虞夏也出現在門口。

「你們為什麼全都在這裡？」環顧著滿房間的人，虞夏皺起眉。

「我載前室友上班路過。」目前充當司機的嚴司如是說。

「我想看看有沒有什麼進展。」黎子泓很正經地開口。

「我被騙來的。」東風恨恨地說道。

「那我只好說，我們本來就是這裡的。」阿柳聳聳肩，去旁邊抽了紙杯幫所有人倒茶，看來今天早餐會報的地點就決定在這裡了，雖然地點很微妙。

「老大你也是來看進度嗎？」嚴司朝對方招招手，被一巴掌拍掉。

「我重新去了趟現場，撿到個東西。」虞夏從口袋拿出個夾鍊袋，拋給玖深。

「老大你不是聽說昨晚十二點多才回到局裡嗎？」

「我回來睡了一下，清晨時去現場，待到剛剛。」虞夏瞇起眼，「你怎麼知道我幾點回來的？」

嚴司露出高深莫測的表情，讓虞夏完全不想再開口詢問。

「這條項鍊是哪裡來的？」拿起夾鍊袋，玖深看著裡面裝著的東西。是條十字架項鍊，表面已經氧化了，看來在戶外已有一段時間，鍊子上沾了些污漬，看起來有點像血。

「我在第二具屍體附近找到的，掛在芒草上，大概是被丟出去時正好勾到。」虞夏找了個位子坐下來，按著痠痛的肩膀。

「有外人在沒關係嗎？」看著躁動不安的東風，阿柳疑惑地開口。

「既來之則安之，對吧，學弟。」嚴司嘿嘿嘿地伸手去拍對方的肩膀。

「我不是你學弟，不要碰我。」整個人站起來，東風恨不得馬上有多遠離多遠。

「等等，先坐下。」拉住東風，黎子泓朝阿柳點個頭，讓他把休息室的門關上，「沒關係，東風我可以擔保他不會將事務外洩。」

被這樣一講，東風咬著嘴唇坐回椅子上。

「那就從我這邊開始吧。」叼著麵包片，嚴司從公事包裡拿出文件夾，翻出裡面的照片，「昨天來的屍體，是被活埋的沒錯，死因是失血過多。他身上包括刀傷在內，總數八十三處創傷，全都不到致死，下手的人應該很有經驗，不過累積起來的出血量還是相當驚人，估計是被活埋之後才休克，還眞是死得很有毅力。」

「那裡是第一現場，挖個洞拷問，最後把他埋起來。」玖深點點頭，「從土壤層裡的各種含量分析起來，應該是這兩個月左右的事情。」

「玖深小弟說得沒錯，你們腐屍的傷口深處都還有土，所以他死前就已經在那邊了。」嚴司翻到那頁報告指給所有人看。

「那種地方還滿適合逼問一些事情。」連續進出現場兩次，虞夏完全理解爲什麼會選在那裡，實在是太偏僻了，平常不會有人注意，不管叫得再慘烈也沒人會知道。

「那骨頭斷的地方大家就自己看吧。除了指甲被挑掉、手指全部折斷以外，關節部分被打斷、部分脫臼，肱骨、脛骨這些也全都是斷的，左右的斷裂位置都不同。手腳沒有被綑綁的跡象，唯一用上繩子的地方在脖子。眞是有夠淒慘的，也不知道是得罪到什麼東西……」

「因爲問不出來。」

幾個人將視線轉向突然開口打斷嚴司話語的東風。

按著桌面上一張張照片，東風微微瞇起眼，偏著頭，「手腳沒有綑綁，是因爲一開始就被打斷手腳……他們根本就不打算放對方活路。打斷手腳之後，搬到現場，開始下刀、毆打。頸部壓迫很容易死亡，所以是放在最後使用的……看這種手法，參與的人至少有三人以上，他們需要開車、挖洞、搬運手腳都斷掉的死者，起碼有一個必須身材壯碩……」猛一回神，就看見一群人盯著他看，他立刻閉上嘴巴。

「所以他們想問的事情是到最後才問出來，或是根本沒問出來。」虞夏咳了聲，拉回注意力，「所以死者才會這麼淒慘。」

因爲已經失去耐性，之後下手越來越重。

只有一個人不會有這麼多力氣又搬運又挖洞，還製造這麼多傷痕，所以施虐的人有兩個以上。團體中的主事者一般不會自己全程動手，頂多只是必要性地給予幾次痛苦，然後就坐在一邊觀看掙扎。

「死者身上的物件沒太多線索，看來凶手有戴手套並做了防範、避免留下痕跡，不過衣服跟褲子上有幾根沾黏的狗毛，比對了一下，是黃金獵犬。」玖深連忙報告自己一晚的初步成果，「地面上還沒有找到……」

「對了，這個是什麼？」將剛剛拿到的盒子放到桌子中間，阿柳很好奇地詢問在場唯一的普通百姓。

「我學長的東西。」東風冷冷地說。

一群人又看過去，一頭霧水的黎子泓慢慢地打開方形盒子，接著愣了有幾秒。盒子裡裝的是二比一尺寸的縮小人頭，男性，陶土材質，還未乾得很徹底，「昨天給你的資料？」

東風點點頭。

「哇塞，有沒有搞錯，小東仔你一個晚上就弄出來了？」電腦模擬都還沒送過來，嚴司看著已經離好的人頭瞪大眼睛。他記得他家前室友昨晚也很晚才離開，那再轉去將資料交付給對方，應該也幾乎深夜了。

「死者的？」看他們的反應，虞夏立即猜出來。

「嗯，先拿去用吧。」黎子泓將陶土人頭交給虞夏他們去處理。

「那我要走了。」覺得已經快要煩躁到極限，東風站起身，急急忙忙地離開這個地方。

「你們先聊。」丟下話，虞夏馬上追出去。

很快地，他就在電梯前攔住了東風。

「可以請你幫個忙嗎？」

□

上午十點。

虞因迷迷糊糊地從床上爬起，抓著頭邊打哈欠地走出房間。

屋裡一片寂靜。

走到客廳時，桌上擺著早餐和字條，是虞佟留的，說他和聿一起出門了，聿要去圖書館，下午打工結束再過去載他，後面叮嚀了幾句不要亂跑之類的話。

咬著三明治，正打算去整理一下的虞因突然聽見門鈴響了。

邊跳著腳換褲子，他很快出了庭院去開門，接著就看到意料之外的人。「……東風？」

蹲在門口的訪客一看到他出來，立刻起身，手上還提著一袋東西。

那袋東西怎麼看都好像是距離他們家三條街外、大爸最近滿喜歡買的那家麵包店的東西？

走個半死的東風把袋子塞給對方，「虞夏叫我拿來的，說什麼出爐時間是九點半，你們早上要吃這個，但是常常錯過時間……」害他在麵包店裡罰站了半個小時，還被熱情到讓人火大的老闆硬塞了好幾口試吃的東西，既不能當場吐出來也只好硬吞下去，「還有，他說要換洗衣物。」

一開始有點滿頭問號，通常準備換洗衣物的一定是虞佟，何況他家根本沒有執著早餐要吃什麼，吃什麼都是虞佟或聿決定的也不是虞夏……虞因有點瞭然地看著眼前的訪客，「謝謝啦，你先進來坐吧，我等等也要出門，可以載你一段。」

的確走到很累，東風點點頭，跟著進屋。

不知道是錯覺還是這陣子幾個人接力強迫餵食有成效，虞因總覺得對方貌似有點肉了，不像之前乾枯得那麼恐怖。以前看起來真的很像一具骷髏在動，現在變成稍微有點肉的骷髏，大概可以算行屍級別、氣色也比較好一點了，人看起來也更清秀，看來多努力點時間應該可以漸漸把他調整正常些。

「牛奶總可以喝吧。」直接放了杯牛奶在客人面前，虞因繼續整理自己的東西。

狠瞪著眼前白色的飲料，東風拿在手上，有一口沒一口地慢慢喝，接著注意到沙發上的狗毛，「你家養狗？」

「啊，那是朋友的，前兩天走丟了，昨天來帶回去。」跑進浴室整理自己炸開的頭髮，虞因大聲地回答：「黃金獵犬，很大一隻，不過很親人喔！滿可愛的，你有興趣也可以養看看寵物，療癒效果不錯。」

「……」露出厭惡的表情，東風轉開，走到客廳書櫃前打量著書籍。

探頭看了一下，確定對方有好好待在客廳後，虞因繼續抓頭髮。

將造型慕斯噴到手上，一抬頭，他猛地就看見蒼白的女人站在自己身後，鏡子清晰地映出了鮮血淋漓的面孔。

下一秒，浴室門砰地一聲直接摔上。

他看見門板上流下了鮮血，鏡子裡的女人掙扎著張開口，像是想要說什麼。

連忙打開水龍頭想先沖掉手上的造型劑，卻發現竟然一滴水都沒有，水龍頭只發出幾個空洞的聲響，接著從那裡傳出了音樂聲。

「妳在找小孩嗎？」

站在鏡子裡的女人突然流下了血色的眼淚，然後轉過頭，消失在門板中。

音樂戛然停止，幾個怪異的聲響後，水龍頭流出清澈的自來水。

嘆了口氣，虞因隨便把頭髮抓一抓，洗淨手後打開浴室門，看見東風就站在門外。「剛剛不小心踢到門。」懶得解釋，就隨便掰一下。

雖然感覺很懷疑，不過東風也不想多問，於是轉頭逕自回到客廳繼續等待……他也不知道自己幹嘛眞的等，其實走出去招輛計程車直奔回家就行了！還不用跟這些煩人的事情打交道。越想越覺得自己應該這樣做，剛剛就應該這樣做了，在門口時把麵包丟到對方身上，接著跳上計程車，一切事情都解決了。

放下杯子，東風決定直接走人。

他眞是腦袋壞去才這麼配合，今天早上根本應該把盒子砸在嚴司頭上，砸爛他的腦袋就會很清靜。

原本安靜的生活被這些人搞得一團糟，而且讓他非常煩躁，看來是該找新住處的時候了。

走出虞家大門，東風一邊發簡訊給房仲，一邊走出巷口等待經過的計程車。

「這邊很難招到車，上來吧。」隨後跟出來的虞因將安全帽拋給對方，有點好笑地拍拍摩托車後座，「我載你回去吧，我剛剛請好假，想順便去其他地方。」他看見那個女人靜靜地站在巷口，面無表情地等著他。

默默爬上後座，東風循著車主的視線方向望去，那裡什麼都沒有。「你可以先去你要去的地方。」

「ＯＫ。」

其實也不知道自己要去哪裡，虞因完全跟著女人的方位前進，總在下一個路口會看見女人的位置，他就這樣前進。

「你的出血疾病控制住了嗎？」

大概過了十幾分鐘，虞因才聽到後座傳來低低的詢問聲音，「嗄？那不是病啦。」頓了下，他沒好氣地解釋，「那個是阿飄，我可以看到一點，所以都會有附帶症狀。」大多都是讓人很不爽的就是。

接著後頭又安靜了。

趁著等紅綠燈空檔，虞因回過頭，看見後座的東風一臉正在思考的樣子，他連忙補充了句：「我沒有在開玩笑。」

「我不認為你在開玩笑，從剛剛開始你就一直東張西望，視線落點固定之後就會轉往那個方向，但是我不覺得你在看路標。」這樣的話，他之前感覺到的一些疑惑似乎就可以解釋了，東風想了下，說道：「出血是反映跳樓死者。」

「嗯，那時候還會上下顛倒。」沒想到對方很正經地和他聊這個問題，虞因覺得有點好笑，不過也很少有人會這樣聊，他就順著談下去，「有時候是別的形式，有的滿恐怖的。」

「這次呢？」

「不知道，大概是要幫忙找小孩吧。」

他最終看見女人站在高級社區前，後頭是一棟非常大的透天建築。

「宋蕙純？」

「對。」停下車，虞因看著高級別墅，抹了把臉，「應該就是這裡了。」

微微偏過頭，東風看著別墅另外一邊，「看來也不是只有你有方法找來。」

虞因跟著看過去，差點沒被嚇死，他看見虞夏在另外一端停車，似乎還沒發現他們，於是他立刻把摩托車轉向，逃到附近的遮蔽處。

「躲起來躲起來！」

□

虞夏看著手上的住址資料。

這裡屬於近年來的高價地段，有不少知名人士都住在這一帶。

一路看過去的建築都非常高檔，有些路上還有小型的別墅社區，佔地不小，還附帶了庭院設施和警衛，上班時間這一區相當安靜，偶爾只看見幾輛名牌車出入。

在別墅前按了幾次門鈴後，他就耐心等待，過了一會兒出現個二十歲上下的女孩子來幫他開門。女孩看起來乾乾淨淨的，穿著也中規中矩，沒什麼異常之處。

「請問康哲昌在嗎？」出示了身分，虞夏立刻注意到女孩露出瞬間不自然的神情，但也只有剎那，很快就恢復成沒事的樣子。

「老闆不在。」女孩露出微笑，「警察先生有什麼事嗎？」

「我想請問妳有見過這位女性嗎？」拿出宋蕙純的生活照，虞夏遞給對方，然後觀察女孩的反應。

「這個……沒看過耶，不好意思。」連忙將相片還回去，女孩頻頻回頭看屋裡。

「康先生其他的家人在嗎？」隱約好像聽到嬰兒哭聲，虞夏追問道。

「老闆娘在家，可是不方便讓你進去，老闆和老闆娘都很討厭外人。」搖搖頭，女孩馬上拒絕，「特別吩咐不可以讓外人進來。」

「請問妳是……？」

嘆了口氣，女孩請虞夏到一旁的圍牆前，才開口：「我是老闆請來幫忙的，平常在這裡打工，幫忙打掃環境和幫老闆娘忙，」說著，她從口袋翻出一張學生證，然後遞給虞夏，「老闆是我舅舅的朋友。」

看著手上的學生證，是大學生，叫作林梓蕾。虞夏筆記了下，就把學生證還給對方，「康哲昌什麼時候會在？或是妳能夠提供任何聯繫方式，例如公司電話、地址？」他來之前曾查過，知道康哲昌有經營公司，但已經很久沒進公司了，目前交由朋友打理，只是掛名老闆。去電詢問之後，員工也都一問三不知，無法做更進一步調查。

「這個我不清楚耶，我通常只幫忙到下午四點，之後就回家了，所以也不知道老闆什麼時候回來，工作上的事我也沒問過。」露出完全狀況外的表情，女孩這樣回答：「老闆不喜歡別人隨便過問。」

「家裡有其他人嗎？」

女孩搖搖頭，「只有我、老闆娘跟老闆，我是這兩、三個月才來的，之前只有老闆和老闆娘自己住，原本是請計時清潔人員來打掃。」

「嬰兒是康哲昌的小孩？」虞夏瞇起眼睛問道。

「嗯。」聽見屋裡傳來女性的喊聲，女孩回應了聲，有點抱歉地轉回來看虞夏，「抱歉喔，我得去工作了，警察先生那就不送了。」

看著眼前關起的大門，虞夏思考了下，於是調頭離開。

□

「二爸好像碰釘子了。」

看著自家老子離開，剛剛躲著的虞因也稍微聽見了他們的對話。

「他沒有受邀也沒理由進去，當然人家不會理他。」蹲在地上，並沒有跟著偷窺的東風從後面傳來聲音：「你很想進去嗎？」

「是很想。」看著門邊正在等他們的女人，虞因嘆了口氣。他覺得今天不進去可能會沒完沒了。

「那去撞個牆。」

「啥？」虞因愣了一下。

「你去撞個看起來很嚴重的傷，然後我去叫救命，解決。」

看著居然出這種餿主意的傢伙，虞因有幾秒不知道該怎麼回答他，正常人不會想這樣進去的吧，「醫生叫我盡量減少碰撞頭部。」這樣一敲再敲，他遲早會出問題。

東風無言下，「算了，你把車牽到門口然後發動吧。」

也不知道他要幹嘛，虞因如對方提議將摩托車推到門口處，才剛發動車子，一旁的東風突然出手用力轉動油門，將車子重重滑出去摔倒在地，砰地一聲巨響，碰撞在地的摩托車一些小塑膠車殼整個裂開。

虞因看得目瞪口呆。

走到車邊蹲下，東風毫無表情地將滿是傷痕的手臂在裂開的塑膠片上一抹，接著把冒出的血擦在衣服上。

「你在幹嘛！」幾乎看傻的虞因這才回過神，連忙上去，剛好被一巴掌過來抹上了血手印。

「把事情解決完，然後快回家。」

無視對方錯愕的表情，東風推開人，直接走去按電鈴，大概過了一會兒，剛才的女孩又跑來開門，看到外面的狀況也嚇了一大跳。

「對不起，剛剛在妳家門口摔車……可以借水洗一下嗎？」

看著都是血的兩個人，女孩連忙跑回屋內，接著又跑出來，手上還拿著條乾淨的毛巾先往東風的傷口捂，「你們先進來吧，要不要幫你們叫救護車？」

「不用了，我們沖乾淨一下就可以，傷還好。」

「那快點進來吧。」

拔了車鑰匙順便牽好車，虞因也不知道該講什麼，剛才的事情發生得太快，他腦子一下子轉不過來，就這樣跟著進屋了。

屋內出乎意料之外並沒有如他們想的裝飾華麗，庭院很樸素就只有草坪和車庫，屋子裡則是很乾淨的粉刷和幾樣簡單的家具，看起來不像高價地段的裝潢。

一進屋內，虞因就聽到嬰兒很大的哭鬧聲。

「那是老闆娘和她的小孩。」女孩友善地笑了下，向他們自我介紹，「我是林梓蕾，廁所用裡面那間，你們先洗一下，我去拿急救箱過來……請不要亂跑喔。」

女孩跑開之後，虞因朝著使用極端手段的人狂白眼，然後將人拉進廁所。「你就不能用正常人的方式嗎！還把我的車砸掉——」

「車我會賠你修理費。」平淡地將手上的血沖乾淨，東風完全無視旁邊暴跳的人。

「修理不重要，幹嘛要受傷啊！」

抬起遍布傷痕的手，東風淡淡地開口：「多一條也沒差。」

覺得自己和對方好像有什麼溝通鴻溝，虞因乾脆不講了，先抽了衛生紙幫他壓傷口，接著才發現這間廁所還眞不小，貼磚也貼得很氣派豪華，甚至還有擺設裝飾的小櫃子，而且馬桶很高檔，附有溫水按摩殺菌之類的多重功能，看起來和外面的裝潢有點落差。

「這裡的東西雖然不多，但每一項都很貴。」注意到對方的視線，東風解釋了下，「外面的家具不是骨董就是名家設計。」

「眞奇怪……」沒注意到這個細節，虞因嘖了聲，不過剛才的阿飄就這樣不見了，也不知道跑去哪裡。

走出廁所時，剛才的女孩已經拿著藥箱在那邊等了，但是旁邊多了個高大的中年人，面貌端正，但是給人一種說不出的奇怪感覺。

「這是我們老闆，他聽說有人在外面摔車，所以下來看看。」女孩將藥箱交給虞因，說著。

「康哲昌。」中年人朝虞因伸出手。

正想伸出手，虞因猛然感覺耳朵一痛，嗡地耳鳴猛烈傳來，接著他看見那個滿臉是血的女人森冷地站在中年人身後，臉部開始緩慢潰爛綻開，猙獰得無法直視。

頓了下，他才和對方握了手，「……王家益，旁邊是我朋友，叫阿克就行了。」

勾起微笑，康哲昌讓女孩先離開客廳，等到沒人時才開口：「那麼，你們費盡心思進來我家是爲什麼？」

虞因愣了愣，想抽回手時才發現被對方扣住，而且施力壓迫，傳來陣陣微痛。

「那你又爲什麼讓我們進來？」自行打開藥箱，東風在裡頭繁多的瓶瓶罐罐中翻找出繃帶和消毒棉片。「監視器應該很清楚拍到我們是故意的，不這樣的話，陌生人進你家不是很容易被起疑嗎？」

「所以我很好奇你們爲什麼要用這種方法進來。」康哲昌慢慢鬆開手，微笑地問道，

「你們似乎也看見門口的狀況吧？」

「鴿子盯上巢了不是，我們總得找個理由。」消毒好後邊綁上繃帶，東風翻看著箱內藥物，然後從裡面抽出一小包藥錠。「可以麻煩你嗎？」他抬起自己正在包紮的手。

康哲昌依舊不改表情，很自然地幫他拆出一顆藥來，還順手放進對方嘴裡，「你們是誰派來的？」

「這不重要，我們拿錢辦事，只是通知你，鴿子已經對你起疑，你應該有看新聞吧。」抽回藥錠排，東風冷冷地回以微笑，「我們的名字是假的，你不用特地去查，最好也不用想對我們下手，沒必要，也不要惹到其他人。」

「這倒是，你們回去吧，順便幫我謝謝你們後面的人。」康哲昌聳聳肩，「不送。」

蓋上藥箱，東風站起身，拉著整個插不進話題也不敢亂講話的虞因往外走。

「不要回頭。」低聲地警告一下，東風打開了大門。

接著，他們踏出了別墅。

他知道自己這樣生活下去也無所謂。

就像某些人嘲笑的一樣，有什麼樣的父母就會有怎樣的小孩。

只要能繼續活下去就算了，讓別人比自己糟糕就好了。

折腳的蟲遲早會死，他踏出之後就可以不用再顧及身邊。

人，總是孤獨一人。

但是他不明白爲何會有回頭這種舉動。

回頭之後，要付出的是另外一種代價，讓人連骨頭都能感到疼痛的交換。這是，多麼理所當然的事情。

攤開手的時候，是血紅色的。

闔起手的時候，是極冰冷的。

人想後悔而回頭時，總會想到，爲什麼要走到這種地步。

爲什麼總有一天得回頭？

□

「你在搞什麼？」

發動了摩托車，順著東風的指示離開了社區後，虞因才緊張地開口詢問。

雖然剛才沒插上嘴，但他也感覺到氣氛非常危險，幾乎到了劍拔弩張的地步。

「你都沒發現嗎？」往後看了一下，東風嘖了聲。

「發現什麼？」虞因滿頭問號。

「等等再說，你先找看看附近有沒有臨檢的吧。」

「前面有。」

才剛講完，一通過臨檢，虞因馬上聽見後頭傳來警笛響起的聲音，還沒搞清楚是什麼狀況，他就被警察攔下來了。

不認識的員警比比他的車牌。

半是疑惑地下車一看，虞因才發現自己的車牌不知道什麼時候被刮花得亂七八糟，上面還有整片血污，很難辨識車號，看得他整個都傻了。

「證件。」員警朝他伸出手，眼睛死盯著他們衣服上的血漬。

很想大喊到底是什麼狀況，一轉頭虞因就看見東風蹲在警車旁邊講電話，也不知道是撥給誰。接著，臨檢附近另一名員警的手機就響了，講了幾句之後就朝他們走過來。

一頭霧水地看著員警和同事講完話，還沒解釋任何一句，剛剛向他要證件的警察突然臉色一沉，拿出手銬往他一銬，接著比著警車：「上車。」

「怎麼回事？車牌刮花不用這樣吧……」腦袋一片空白，直接被銬上去的虞因完全傻眼，接著他看見東風也被扣押，然後被另一名警察按著進了後座。難道他們在不知不覺有衝撞路檢而不自知嗎？

慘了，回去不知道會不會被二爸殺掉。

「少囉嗦，叫你上車就上車！廢話那麼多幹嘛！」員警直接朝他一斥，非常不客氣地將他按進車裡，接著也坐進去。

警車就在這種詭異的氣氛下鳴笛開動了。

一路上完全沒有人說話，員警繃著臉，東風也把臉轉向窗外，只有虞因自己一個七上八下不曉得發生什麼事。

接著，他們被押進地檢署，竟然還暢行無阻，完全沒有人來問發生什麼事，居然就放行讓他們直接進去。

最後是在黎子泓的辦公室被鬆銬的。

整個搞不清楚狀況，正想問東風時，虞因就聽見外面傳來聲響，大致上就是檯面上的禮貌性回話，接著送走員警的黎子泓就走進來了，「你們兩個沒事吧？」他的視線放在兩人沾血的衣服上。

「沒事，我只是覺得我的腦袋接收連線有點小問題。」虞因感覺剛剛可能被外星人抓走，記憶有點斷裂。

「東風打電話來，要求把你們抓過來。」黎子泓脫下外套，他接到電話時正好開庭結束，一點也沒耽擱地匆匆趕了回來。

「我們被跟蹤了。」很悶地說著，東風焦躁地縮到角落，深深覺得今天真的是非常糟糕的一天。

「誰？」

「那個……大概是康哲昌。」突然理解東風的用意，虞因有點尷尬地抓抓臉，「我們剛剛從他家出來。」

「……」沉默了半晌，黎子泓按著額頭，「你們等等，我請虞警官來一趟。」

「我可以先落跑嗎？」虞因突然覺得下半場可能會被狠揍。

「不行，現在出去的話，他會跟你回家。」蹲在角落裡，東風從口袋翻出歪曲的雕刻刀在地上刮著。

「你用雕刻刀刮我車牌！」看到疑似凶器的東西出現，虞因馬上想起剛才在外面偷聽時，對方的確是蹲著，自己完全沒注意到他蹲在地上幹嘛，還以爲只是在休息。

「不然在那種地方你想要求菜刀嗎？」

「這不是菜刀的問題啊啊啊啊！」虞因覺得今天這樣搞下來有點崩潰，「你何必刮我車牌才是問題啊！」

「煩死了。」結束了對話，東風完全不管旁邊的哀號，專心地刮著地板。

請人買了點食物和衣服進來，黎子泓讓他們在洗手間梳洗一下且更換衣物，然後就先看起了其他案件。

中途虞因乾脆把飲料打開，很像在供奉什麼東西一樣擺在東風面前，只差沒雙手合十拜一下。

可能是眞的累到了，借了PSP來打的虞因後來瞄到對方喝了幾口飲料，接著又繼續刮地板，也不知道跟地板有什麼仇恨……這樣刮應該算是破壞公物吧？反正辦公室的主人沒有制止，他也就懶得開口了。

就這樣各做各的事，約一個小時後，虞夏匆匆地出現了。

意外的是，聿也跟在後頭。

最後是小魚乾汪地一聲跳進來。

□

「小魚乾怎麼在這裡？」

看著應該已經被主人帶回去、現在卻在這裡團團轉的大狗，虞因突然覺得今天不知道是怎麼了，各種事情都變化得很快。

有點警戒地瞪了角落一眼，聿按了手機，遞給對方。大致上就是說他在圖書館外遇到葉桓恩，和狗玩了一下後對方突然接到電話，說臨時有事，就把狗寄放在他這邊先離開了，於是他就打電話，本來是給虞因的，但是手機沒接通，就打給虞夏轉來載他。

「你有打我手機？」今天沒接到什麼電話的虞因狐疑地拿出自己的手機，這才發現手機改成無聲模式，上面的確有好幾通未接來電，「呃……抱歉抱歉。」大概是在偷聽虞夏講話時改的。

「阿因，你是吃飽撐著皮在癢嗎？」接到電話趕過來的虞夏只覺得拳頭很癢。

「人在江湖……」直接逃難到黎子泓的座位後面，虞因連忙轉開話題，「先談正事吧，正事重要！」說著，他就看向角落的土地公……不是，角落的東風。

「你們爲什麼去康哲昌的住家？」咳了聲，黎子泓蓋上了手上案件，嚴肅地開口：「發生什麼事？」

「總之，去那邊是因爲神祕空間的召喚。」摸摸跟著跑過來的小魚乾，虞因苦笑地說著一點都不好笑的笑話，「宋蕙純要我過去的。」

虞夏皺起眉，「渾蛋！不是跟你說過有事情要先打電話給我們嗎！」

「我想說沒事啊，看完房子載他回家咩。」縮了一下肩膀，虞因連忙避到狗的後面，他就怕他家二爸眞的抓狂起來，連檢察官都擋不住。

聿走過去，蹲下來摸著小魚乾。

「你們在裡面遇到什麼？」黎子泓看向角落的東風，再次問著。

「除了阿飄以外，我是沒有覺得有什麼……」也跟著看過去，虞因稍微描述了下進入屋內後的各種狀況和環境，以及東風和康哲昌的交談過程。

「康哲昌有問題。」虞夏立刻做了結論。

「嗯，必須找個理由搜索他家。」黎子泓也同意。

「……你們是從哪聽出來有問題？」除了東風和對方交談的話，虞因還是繼續狀況外。

「房子。」蹲在角落的東風很小聲地開口：「廁所有裝飾與充滿高價的家具表示屋主有強烈誇耀自己的傾向，但是屋內卻沒裝潢。」

「你們看到粉刷很乾淨，表示近期內牆壁重新粉刷過，裝潢可能是在那次粉刷時因爲某種因素拆掉了，依照家具的價值來看，裝潢擺飾價值絕對也不便宜，但是屋主卻全部撤走，那代表他有不得不拆除的原因。」環著手，虞夏說道：「而且那個原因讓他避免接觸警察，但是卻又讓你們進去，這表示他在等待非警察的人，而且還是必須要有某種掩飾、讓警察不會起疑的人。」

「最大的問題點在這裡。」手上突然多出一小包藥錠，東風拋出去，正好讓虞夏接住，「他們的醫藥箱東西太多。」

「醫藥箱完備不好嗎？」虞因聽得一愣一愣，他完全沒留意到屋子的異狀。

「你家醫藥箱裡會放滿麻醉劑、鎮痛藥、縫合線這些東西嗎！你是家庭急救箱還是家庭手術台啊！」罵了聲，東風呼了口氣，「那個人不簡單。」

「雖然刮了車牌，但是他們對虞夏起了警戒，只要稍加一查，很快就會知道阿因的身分……安排一些人去你家吧。」黎子泓接過小袋子，翻看了下，詢問拿回來的人：「上面有康哲昌的指紋？」

「嗯。」停下了雕刻刀，東風從角落讓開。

這時他們才看見，地板上被刮出張人臉，正好就是康哲昌的臉。

「我們會去調查康哲昌的背景，還有他老婆的懷孕記錄，你們幾個先回……」正想一如往常叫他們回去時，虞夏突然停下，想了想，「今天先去警局。」他和虞佟都在忙，即使布置了警力在住家周圍，還是有風險，不如先讓他們留下。

「我要回去了。」站起身，東風把飲料杯放回桌上。

「等等，太危險了。」黎子泓連忙阻止。

「沒什麼，就算死掉也是一瞬間的事情。」扯了扯唇角，東風在對方非常不認同且擔心的目光下才改口：「放心，他們跟不上我。」只要比對方更狡猾，他們很快就會跟丟人，接著又轉回來這裡找虞因的下落。

比起來，容易查到身分的虞因才是目標比較大的那個。

看他插手插得很習慣，真不知道以前是怎麼避開凶手攻擊和各種報復的，難道鬼也會保護人嗎？

東風瞥了眼狗旁邊的兩兄弟，格開了黎子泓的阻擋，「不要再來煩我。」他真的覺得這群人非常煩。

對方去意堅決，黎子泓也沒辦法強硬攔人，只好請了兩名法警保護他出去搭車離開。

撥了通電話回警局，讓小伍他們去查康哲昌老婆的醫療記錄，虞夏掛掉通話後思考了下，轉向虞因，「進去房子是你的意思還是東風的？」

「呃，阿飄的意思。」虞因小心翼翼地說：「所以我才想說進去看一下，因為阿飄要我過去。」他很有把握不甩阿飄的話，一定會繼續接收到各式各樣的騷擾。

……真為自己已經習慣這種事情感到悲痛。

「用那種方式進去是你的意思還是東風？」皺起眉，虞夏再度詢問。

「東風。」

「那麼，主導對話的是康哲昌還是東風？」一旁的黎子泓也跟著詢問。

「東風。」如實回答了，虞因有點奇怪地看著兩名大人，「有啥問題嗎？」他是對東風有點抱歉啦，因為這件事本來就和他無關，但是現在好像也把他給扯進去了。

「沒什麼。」黎子泓搖搖頭，和虞夏交換了一眼。看來東風早在進屋前就知道裡面有問題，才會用這種奇怪的方式先讓康哲昌摸不著頭緒，避免了第一時間被下手加害的可能性。

「在我去之前你們就到了對不對！」虞夏直接往虞因臉皮用力一扯。他們肯定是看到他和那個女孩子對談，東風才發現有問題，「再給我躲起來偷聽啊！」

「嗚啊啊啊……痛啦——」有瞬間覺得臉皮好像被扭下來的虞因摀著臉，差點痛出眼淚。

「痛再多次你也不會怕啦！」沒好氣地罵了句，虞夏再度狠瞪了對方一眼，「我的車停在地下室，整理一下吧。」因爲要載狗，所以他是開虞佟的車過來的。

「小心點。」

看著好像沒什麼緊張感的一家三口，黎子泓不由得憂心忡忡地補了句。

□

「康哲昌他老婆有生育記錄。」

調回記錄的小伍將檔案交給虞夏，邊說邊偷瞄旁邊坐得很端正的大狗，「是在一家婦產科登記的，四個月前生產……老大，你的狗會不會咬人？」

「爲什麼我的狗會咬人？」虞夏冷冷瞪了眼同僚，「還有，這是別人寄放的。」不知道爲什麼，大狗不跟虞因他們在休息室打電動，一路跟著他在局裡走來走去，趕也趕不走。

總覺得虞夏身邊的東西應該都爆炸性地凶猛……當然不敢講出來，小伍連忙收回視線，「他老婆叫作黃杏芝，有按月在做產檢。」

「那麼巧也是四個月嗎……」記得美容院的老闆的確說了四個月前，那時候已經快要生產。虞夏思考了一會兒，「拿黃杏芝和宋蕙純的照片去一趟那家婦產科，問問醫生認識的是哪一個，順便把產檢表也拿回來。」

小伍應了聲，就去執行工作了。

拎著狗，虞夏把小魚乾丟回休息室後嚴重警告虞因兩人看好狗，才轉出來繼續往下一個目標點去。

不料才剛踏上走廊，他就看見讓他非常頭痛的人又出現在自己面前。

「你們這個單位都這麼閒嗎？」王克柽冷淡地看著虞夏，開口就不甚友善。

「感覺上好像您比較悠哉，負責行政工作卻一天到晚在這裡走來走去。」瞄到對方手上挾著檔案夾，其實今天已經有一肚子火氣的虞夏也沒回以好臉色。

冷哼了聲，王克桎擦過他的身邊，直接離開了。

總覺得對方拿的檔案夾好像在哪裡看過，虞夏一時也想不起來，突然就發現王克桎的身影離開了建築物，出現在窗戶外。

筆直地走出去後，王克桎停在大門口處，門口也有個人在等，從虞夏的位置看不太清楚另一個人的臉，更別說對方還刻意戴著鴨舌帽遮住泰半面孔。兩人稍微交談了下，王克桎從檔案中抽出一張東西給對方看，接著又收回；交談了幾句之後，就分別轉向離開。

虞夏注意到戴帽子的人走路有點異常。

靠著窗戶盯著王克桎重新回到局裡，虞夏皺起眉想了半晌，也想不出個所以然。

搖搖頭，還是先辦完手上的事情再說。

打算繼續往鑑識組走時，後面就傳來了一串快跑的腳步聲。

「啊，太好了，老大你還在。」來的是名小組同僚，「剛剛我們接獲通報，有人認出第二具屍體的身分，還提供了名字和住址給我們。一查檔案，發現他不但和那個陶土人像長得一模一樣，還有前科。」

「通報的是誰？」

「不知道，他匿名用公用電話，而且是直接打進來我們這邊的。」隊員也有點疑惑地聳聳肩，「邱仕俊，有多次毒品、竊盜、傷害記錄，被關了很多次，最後一次出獄是一年前，當時因爲毆打同居女友被判了六個月。檔案上記錄出獄之後他一直住在北部。」

「去申請調查，聯繫盯這個人的員警。」通常這種類型都會有承辦員警，虞夏猛地一頓，突然想起剛剛王克桎手上的檔案夾，那是他們才剛分派屍體陶土頭像照片出去各單位進行查詢的資料夾，但是應該不會派到督察室去。

王克桎爲什麼會拿那個出去？

一個毛毛的東西蹭過來。

虞夏視線往下，看見小魚乾又出現在他腳邊。

「抱歉抱歉，狗又跑出來了……哇靠！」

匆匆追出來的虞因猛地頓下腳步，錯愕地瞪著虞夏身後的窗。

明明還沒晚上，但虞夏身後那扇窗卻整個都是黑的，與走廊其他透光的窗戶極度對比。

紅色的血液從窗外慢慢地劃下，一滴一滴的，拉出了詭異的花紋。

「幹嘛？」看著猛然僵直的人，虞夏立刻回頭，卻什麼也沒看到。

不知道該不該告訴虞夏，瞪著那面黑色的窗戶，虞因看見某種東西掙扎著從下面爬了上來，就像變形蟲一樣，突出的骨骼刮在窗戶上發出刺耳聲響。

「那是什麼聲音？」幾個經過走廊的員警不約而同地停下腳步，環顧著四周。

微微偏過頭，虞夏看見了身邊的窗戶玻璃不自然地震動著，一邊的小魚乾早就整隻豎起毛來，朝著窗戶發出低狺。

「二爸，你慢慢離開那邊。」盯著整個趴在窗戶另外一端的影子，虞因吞了吞口水。

「是哪一個？」聽著不斷發出的奇怪聲音，虞夏不用想也知道出現了什麼。

「可能是第二……」話還沒說完，砰地一聲重擊打斷虞因的話，走廊上的人也同時被嚇了一大跳。

接著是第二聲，就好像有人從外面重重拍著窗戶一樣，整個靜默下來的空間裡只有拍窗的巨大聲響。

看著窗外的黑暗，虞因也不知道對方究竟在幹什麼，還沒想出點什麼，那團東西突然嗖一下往下一竄，整個消失了。

接著黑暗退去，窗戶再度恢復原貌。

「你有聽到剛剛那個嗎……」

走廊上開始了竊竊私語。

將手從腰後的槍上移開，虞夏狠瞪了一眼虞因，接著拽住對方的頸子和小魚乾，把一人一狗拎回休息室。

「待著，不要亂跑。」

鄭重地再次警告狗和人，虞夏指著地板，感到殺氣的小魚乾立刻坐著不動，「如果狗再跑出來，我就扁你。」後面這句是向虞因說的。

「阿飄跑出來是扁我，狗跑出來也是扁我，我強烈抗議，不公平！」深深覺得不如自己跑掉算了，虞因感到某種淡淡的哀傷。

「對，少一個，小聿跑掉一樣扁你。」

丟下這句話之後，無視任何抗議的虞夏甩上門，離開。

□

「這世道眞是不公平。」

看著門板，虞因默默地轉回過頭，看到聿露出某種、簡單來說應該是幸災樂禍的表情，「沒道理打大不打小啊，爲什麼我比較大，結果連狗跑出去都要打我。」

聿拿出空白本子，在上面寫字然後翻過來：**因爲你比較大。**

「說過幾次用嘴巴講，不要用寫的……也不要用按的！」在對方把手機拿出來之前，虞因搶先制止，接著蹲下來看著還坐在地上的小魚乾，「我有夠可憐的……」

小魚乾直接回以舌頭一舔。

「唉……對了，小聿，你知道爲什麼剛剛二爸和黎大哥要問我那些嗎？就誰的方式誰主導那個。」雖然沒他們那麼聰明，但是虞因還是本能察覺到那些對話有問題。

聿看了他一眼，關掉了手上的游戲，然後把本子攤到桌上開始寫字。

很想再出聲糾正他，不過虞因怕自己一講，對方連寫都不想寫了，所以他也乖乖地湊過去看，「那個人一開始就知道房子有問題……喔，東風嗎？所以二爸他們問我是因爲、他們也知道東風一開始覺得房子有問題？」

白了唯一不知道的人一眼，聿繼續寫著本子。

「用那種方式是探查……沒問題看到監視器畫面會以爲我們在惡作劇還是詐騙不理會甚至報警，有問題就會讓我們進去，這是基於在知道房子有問題之下才會做的事情……眞深奧。」抓抓臉，虞因想想，總之就是某種手段就是了，「他怎麼會知道房子有問題？」記得他和自己是一起偷聽的，不過看車牌的狀況，恐怕聽沒多久，東風就開始偷刮他的車牌了。

他應該是做好了不管能不能進去，都不想被對方查到車牌的預先準備。

嘆了口氣，聿寫下比較大的字體——

你在上班打掃時候會隨身攜帶學生證嗎？

「啊，原來如此！」虞因恍然大悟。

他在打工的地方通常會把背包放在櫃子裡，學生證啥的更不會隨身攜帶了，要帶也是和證件夾或皮包一起帶。但是林梓蕾是把學生證放在身上，不是在皮包裡，也不是證件夾裡，就是一張學生證放在口袋。

這樣一想，的確有點怪怪的。

「如果小魚乾會抓犯人就好了，拿給牠聞一聞然後衝出去，抓到，這樣就簡單多了。」揉著大狗的臉，虞因現在才想到另一件事，「奇怪，雞肉乾呢？」他記得飼主明明是想兩隻都寄放他們這邊。

聿回給他一個答案，說貓白天都會到處散步，晚上才會回來。

難怪那時候葉桓恩會說貓自己回家，八成是從朋友那邊自己回去的，不過狗大概在中途莫名其妙上了公車，才會走丟那麼遠。

如果狗會抓犯人就好了。

「你在……想什麼？」

低低的聲音從前面傳來，虞因一抬頭，看見紫色的眼睛盯著他，「沒，我什麼都沒想。」

搖搖頭，聿完全不相信，對方的記錄太多了，現在八成是在想那兩件案子的凶手如果可以抓到就好了。

「對了，說到奇怪的話，我……」

正想和聿說一下自己這兩天的觀察心得，虞因突然停了下來。

他覺得地板好像在震動。

輕輕地震動著，接著開始轉爲強烈，室內的桌椅開始發出令人不安的聲響，連日光燈都跟著閃爍不停。

按著狗，聿往後退到角落，桌上的杯子摔在他腳邊，破碎聲響傳來，接著是擴大的飲料痕跡。

黑暗和光明交替之際，虞因看見一大團東西趴在桌上，就像異形一樣，骨頭支撐在桌面上，被撕裂開來的皮肉無力下垂著。

接著，啪地一聲，燈光瞬間熄滅，而休息室的門打開了。

一探頭出休息室，虞因就發現不對勁了。

外頭的員警們好像沒察覺有地震，沒有人有慌張的表情，明明剛才震動那麼大，卻沒有任何東西掉落，也沒有引起騷動。

「剛才有地震嗎？」喊住路過的員警，虞因連忙問道。

「沒有。」認識的員警笑了下，然後拍拍他的頭，「你又被老大勒令不可以出休息室了啊？阿因，要乖一點，你以前小時候也常常被關，要當乖小孩啊；你以前這麼小隻時還被老大罰寫國語課本，結果哭著來找我們幫忙偷寫，眞懷念。」

「……謝謝。」有時候，被身邊認識的人從小看到大也是種麻煩。

轉頭回室內，電燈已經恢復光亮了，站在後面的聿挑起眉，「……國語？」

「有一次我拿雞蛋丟隔壁班專欺負女生的死小孩，結果被二爸抓來關禁閉，還被罰抄課文。」小時候不懂事，看電視都看到人家抗議丟雞蛋，所以他就拿雞蛋丟同學，接著就被老師召喚家長。那時候家裡已經沒人了，所以爲了就近管教，虞夏最常的做法就是把他抓來休息室反省，於是就這樣認識很多員警。

結果現在長大，很多人沒事就會講到這種黑歷史，讓虞因無限感慨。

人生果然不能亂學電視，那顆雞蛋害他在星期六抄了五十遍課文，社會示範眞是可怕。

完全不想做任何評論，聿面無表情地看著小時候會丟雞蛋的人。

「總之以前的一切都過去了，我們先來想想剛剛的事情吧。」擊了下掌，虞因決定把黑歷史丟到腦後，正想找聿討論一下剛才的事，卻突然踏到一團東西。

低頭一看，腳下竟是一團團的泥土，就和之前交給玖深的一樣，但是這裡有很多，他的腳邊全都是，甚至還有小小的土丘和斑斑黑紅色的血液。

地面又再度震動了。

剎那問，虞因突然知道對方在幹嘛了。

他急著要做某件事情。

非常急。

和宋蕙純不同，即使是用爬的，即使已經變得不像人的樣子，他也要掙扎做到。

「小聿，我們溝通一下……」

7

然後，事情轉折。

雖然受了點傷，但是比較起來似乎相當值得。

人，果然無法違背自己的心意。

即使再怎樣污穢，仍然是想要挽救的存在，這無關任何事情，而是時候到了，自然而然就知道應該這樣做。

一切都會好起來的。

他能微笑地這樣說。

只要，能夠再一次地、再一次地讓自己找到自己的存在。

一切，都會好轉。

□

「虞夏！」

回過頭，剛去取鑑識報告的虞夏意外地看見不同單位的人。

咬著糖果的凱倫朝他揮揮手，小跑步過來，「我朋友說你在查何仕俊，他以前是負責那傢伙的。」

何仕俊有毒品前科，凱倫是緝毒單位，所以經手何仕俊的人認識他也不奇怪。虞夏點點頭，「他是我們案子的死者，死得很慘，才剛查到不久，是拷問後處決。」得到通報之後，他們也立刻去調死者的資料和牙醫記錄，確認了身分。

「了解。」也知道流程，凱倫環起手說道：「完整的檔案應該還要手續時間才會來，我朋友要我轉告你，何仕俊以前是在賣的，他有貨源，在一些路段上小有名氣，上游被抄過之後就收手。早些年是圍事，也做過暴力討債，後期自己也有在嗑藥，有很長一段時間因爲偷竊在警局進進出出。」

「聽起來是死了對社會才有貢獻那種人。」雖然看過對方案底，但是現在一聽，恐怕比記錄在案的還糟糕。

「早幾年應該是啦，不過有一天他突然收手了。你也知道，嗑藥的要收手很難，就算想戒，癮一來根本控制不住，就算殺死人、掏出內臟也無所謂。」頓了下，露出某種欽佩神色的凱倫繼續說著：「不過有一天他眞的戒了，我朋友也搞不懂怎麼回事，總之他那時候不知道因爲什麼事情被打得幾乎殘廢進了醫院，整整躺了三個月才好，住院同時戒毒，眞的就沒再碰了。」

「一點原因都不知道？」

「嗯，我朋友不曉得爲什麼，總之何仕俊就是收手了，後來我朋友見過他幾次，眞的已經不再吸毒，可惜因爲案底太多，找不到什麼好工作，幾次進醫院都是因爲酗酒，雖然有陣子交了女朋友同居，後來卻因爲家暴上了法庭，兩個人不再聯絡。」看著若有所思的虞夏，凱倫聳聳肩，「你也知道的，既然對方收山不碰毒，我們也不會特別再盯著他不放，當時我朋友是給了他一點小錢，希望他改過自新弄個小攤位，一開始是有弄個雞蛋糕，但是生意不好又不會招呼客人，結果也就這樣不了了之。」

「那人概是幾年前的事情？」

「快三年了。」

那就是說，三年前何仕俊已經不再碰毒品，和虞夏拿到的案底一致，他後期幾次的記錄都是傷害和酒醉鬧事。

「我朋友猜大概是和他的朋友有關係。」

「朋友？」

「雖然不知道名字，不過我朋友說何仕俊有幾次聊天說到自己有個好朋友，但是他對於分開這幾年的作爲感到很羞愧，一直不敢找對方。通常如果人突然變好，一定是他身邊有很重要的人，或是發生很重要的事情。」

虞夏嘖了聲，「重要到絕對要戒毒，恢復正常。」

「嗯，我們也看過很多次，下定決心要戒毒者，身邊大多都會有非常重要的人事物，重要到足以讓他們捱過戒毒的痛苦。但是也有不少的狀況是重要的人死去、或失去異常珍貴的事物之後他們才痛徹戒毒……不管是人或事，看來何仕俊已找到那個動力。」勾起有點悲哀的笑容，凱倫無奈地嘆息著，「那麼你認爲這些事情和何仕俊的慘死有關嗎？」

「目前還不知道。」收起手指，虞夏輕輕地在對方肩膀上一敲，「謝啦。」

「不用客氣，希望有結果時你可以稍微和我透露些，好讓我跟朋友交代一下。」

虞夏突然勾起唇角，「比起警方的消息，你不如請你朋友直接打開電視看會更快。」

凱倫愣了一下，也跟著笑出來，「對喔，媒體會編，還可以收看未來劇情。」

「是啊，媒體會編。」這幾天連環殺手的新聞還鬧得沸沸揚揚，都已經快要變成超自然造神了。虞夏看到新聞實在是又好氣又好笑，還有節目煞有其事地分析起連環殺手的這件

「新案子」。明明都已經宣布是模仿犯，居然還以爲是警方在掩蓋案情的陰謀。

失笑地拍拍對方肩膀，凱倫實在有點同情他們，「你們加油吧，我也要回去工作了，結束之後出來喝一杯。」

「再說吧。」

目送凱倫離開，虞夏的表情嚴肅了起來。

如果何仕俊眞如他們所說，是擁有重要事物而下定決心回歸社會的人，爲什麼會陳屍在與他住處距離甚遠的中部？

他在那之後，得罪了誰？

又是誰想要他開口說出祕密？

□

「我覺得你搞不好也適合去做徵信。」

壓著頭上的棒球帽，透過以前給對方的淡色鏡片，虞因覺得很有趣。

走在旁邊的聿沒好氣地斜了他一眼。

晚間的時間，他們偷偷跑出警局，帶著小魚乾在人多的大街上閒蕩。

在街頭攤位買了晚餐後，虞因確認了下沒被跟蹤，看來他們混出警局時的方式果然奏效了，對方這時候應該還在警局外監視吧。

「不過回去之後二爸應該會超火大的吧。」一想到回去可能眞的會被抽筋剝皮，虞因不由得一個冷顫，決定先不要去想，他今天已經做夠多可以在地獄豪華三日遊的事情了。

吃掉最後一顆地瓜球，聿揉掉紙袋看著對方，等待對方告知他們接下來要去的地方。

「別看我，我也不知道。」他只知道阿飄要他們離開警局，而且是使用了極端手段在騷擾他。但出來之後又跑得不見蹤影……虞因把抓著雞排的手抬高，然後拿剛剛從寵物店買來的肉條餵給一直想咬他晚餐的小魚乾。

嘆了口氣，聿只好找了個路旁位置坐下，繼續吃其他東西。

摸摸狗，虞因也跟著坐下。

平常很少這樣坐在路邊看著人來人往，滿是攤位的街道非常熱鬧，下午過後除了附近的學生還有不少遊客。

一眼望去，到處都是像他們這樣的人攜友結伴，說說笑笑地逛著街，有些則找到位置坐下大啖著各攤位的美食。

在這種地方，虞因總是會更加覺得人眞的非常有活力，而且活在這裡。

和那些已死卻沒有離開的存在不同，這裡的人確確實實地活著，而且正在進行人生。

而反映著活人倒影的玻璃上，映出的是平面而服貼的人影，不再有血肉，只有冰冷蒼白的臉，退開之後只剩下皮影戲般的輪廓影子。

有時候，他眞想讓那些隨隨便便就結束生命的人看看這種畫面。

怔怔地看著店家玻璃逐漸淡去的黑影，虞因有點無味地咬著雞排，趴在一邊地上的小魚乾突然整隻彈起，往後跳開好幾步，躁動的模樣讓旁邊正在看手機的聿也回過頭。

人來人往的街道上，充斥著各種影子的地面突然多了一團無主的黑影，貼在地上，掙扎著往前爬動……雖然說是掙扎，但是速度並不慢。

「他來了。」拉著聿，虞因匆匆地把食物往背包一塞，叫上小魚乾一起追著黑影離開街道。

總覺得今天一直在跟著阿飄亂跑的虞因有種運動量充足的感覺，不過比起前幾次，這次的阿飄還算是好相處，宋蕙純只想找小孩，眼前的阿飄貌似只想他們跟著趕去某個地方，給他的感覺不像要報仇……被殺了還不執著於報仇找凶手，應該說難能可貴嗎？

跟著黑影換了一路公車之後，到達之處連虞因自己都有點驚訝。

下車的地點居然是自己學校附近。

一下了公車，本來在地上爬動的黑影突然嗖地一聲又消失不見了。

「應該不會吧……」他們學校附近之前才發生命案啊，要是再來一起會很恐怖的！虞因有點眼神死，附近的房地產商人應該會哭出來吧。

正在想些亂七八糟事情時，小魚乾突然很歡快地轉了圈子，然後從上頭傳來了貓叫聲。

和聿幾乎同時抬頭，虞因看見雞肉乾居然就站在圍牆上俯瞰他們，那種角度與貓頭微偏的模樣，實在會讓人覺得貓在鄙視人……應該不是他的錯覺，貓眞的在鄙視人。

垂在圍牆上的尾巴輕輕地晃了下，雞肉乾突然順著圍牆轉身就走，下面的小魚乾立時也跟著跑過去了，看來貓和狗都很習慣這種模式。

抓抓臉，和聿交換了一眼後，虞因兩人也跟上去。先不管那團阿飄要去哪裡，他們還是要稍微留意一下貓狗的行蹤，畢竟狗是葉桓恩寄放的，走丟可不好交代。

速度不快也不慢，在路燈的照射下，雞肉乾用一種很優雅的姿態行走在圍牆上，好像很熟悉這一帶的環境似地，轉了幾圈後，走進了比較偏僻的小路裡，最後在一處兩層的民房前停下，接著回過頭喵了聲，突然就往房子的圍牆裡跳進去。

還來不及阻止貓亂跑，虞因看見小魚乾突然就往門的右下角一撞，從那裡翻開小門，狗就順利地鑽進去——那是給貓狗用的小翻門。

「啊，難道這是葉大哥他家？」虞因想起來之前的確是在學校遇到對方的，所以應該是住在這邊沒錯，才會在學校散步。他看著黑暗的屋子，顯然屋主還沒回來，而貓也如對方所說的自行回家了。

正想撥通電話給葉桓恩時，他突然發現圍牆上多了一大團東西，猛一抬頭，就和紅色的眼睛對上視線，渾身突然像被潑了桶冰塊一樣冷到無法動彈。

他似乎聽見了慘叫聲，是那種痛徹心扉的淒厲喊叫，人在死前最後一次掙扎的哀號聲，接著冰冷的泥土噴濺到臉上，某種東西勒住他的喉嚨，斷絕了想要喊出的聲音以及空氣。手機在什麼時候掉到地上的也不知道，虞因不斷地抓著脖子，想要把纏住的東西解開，但是不管怎樣都抓空，無法紓解那種失去空氣的痛苦，只感覺到一陣強烈的暈眩。

在失去意識之前，脖子上的壓力突然消失，他連忙大口呼吸，四周又清晰了起來，聿抓住他，一臉擔心。

「……沒事。」摸了摸什麼都沒有的脖子，虞因咳了聲，想把剛剛那種不快咳掉。雖然只有短暫一瞬間，但那種痛苦實在太深刻了，光這樣就讓人感到恐怖，眞不知道那個阿飄是怎麼獨自面對的。

撿起手機還給對方，聿瞇起眼，一把按住正要重撥電話的虞因。

屋內傳來一連串不友善的狗吠聲，連貓都跟著發出恫嚇般的嘶嘶聲響。

「屋裡有人。」聽著屋內不正常的動靜，虞因稍微跳了下，半爬上圍牆。從窗戶看進去，果然看見了屋內有可疑人影晃動，而且還不只一個，大概有兩、三個人，小魚乾和雞肉乾很顯然正在攻擊入侵者，大狗的影子被甩開，「喂！你們在裡面幹什麼！」

聽見虞因衝著裡面大喊，聿也跑過去按門鈴，幾乎在同時，虞因看見了黑色的東西竄進房子裡，下一秒，房內所有電燈在剎那間同時大亮，不管是日光燈還是昏黃的夜燈全都被開啓，將裡面的人照了出來。

被外面的聲音和猛然的光亮一驚，裡面的人同時停止動作，接著很快撤了出來。

出現在大門口的是三個很壯的男人，每個神色看起來都不甚友善，在發現虞因兩人以及聽見騷動而出來看狀況的住戶們之後，他們沉著臉，粗暴地推開擋路的人。

最後一個離開的男人突然掏出員警證，冷著聲音警告虞因，「警察辦案，不要管太多閒事。」話一說完，就匆匆跳上同伴們開來的車子，迅速離開了。

愣愣地看著車子飛速離去，虞因才收回視線，感覺到腳邊傳來一陣磨蹭，身上帶著血的小魚乾用圓圓的大眼睛望著他，連雞肉乾都不知道什麼時候跳出圍牆。

聿蹲下來，撥開小魚乾身上沾黏在一起的毛，在身側發現約五公分左右的刀傷。

「發生什麼事了？」

回過頭，他們看見了穿著一身黑的屋主。

葉桓恩錯愕地看著他們。

□

「玖深，你桌上的狗毛樣本是哪來的？」

送出新出爐的報告後，玖深爬去睡了兩個小時，回來之後坐在實驗室的阿柳突然又朝他提問了很熟悉的台詞。

「什麼狗毛？」死者身上的狗毛他化驗完畢，已經交出去了。玖深一時無法理解友人的問題。

「我下午進來時，看到你桌上的玻片壓著幾根狗毛……你有沒有覺得我們的對話好像在哪裡聽過？」阿柳有點眼神死地說著。

「呃……我想起來了，桌上的狗毛是老大身上拿的，他來拿報告時我看他身上又黏了狗毛，所以隨手幫他拿下來，就隨便壓著了。」因爲死者身上也有黃金獵犬的狗毛，所以玖深本來想說蒐集著好玩，有空來分析記錄同種的狗毛有多少差異。

「你確定是老大身上的狗毛？」

「嗯啊，他們家這兩天有狗，所以老大身上沾到一點。」點點頭，玖深不知道同伴爲什麼會露出很驚訝的表情，他還在想說等比較不忙的時候，再去虞家碰運氣玩狗。

「老大身上的狗毛和死者身上的狗毛是同一條狗的。」

有瞬間，空氣靜止了三秒。

「阿柳，我可能剛睡醒，耳朵開機沒開很好，你可以再講一次嗎？」玖深一臉呆滯地發問。

「……你壓在桌上的狗毛，我以爲又是什麼急件，拿去檢驗之後，發現和死者身上的狗毛是一樣的，那幾根毛全都是同一條狗的。」不知道爲什麼，阿柳突然覺得以後玖深擺著的東西不要幫他亂檢查好了，怎麼每次都會有事。

接著，他就看見玖深露出驚恐的神色。

「我去借狗來！」下午虞夏跟他們打招呼說小孩和狗會寄在休息室，玖深立刻衝出去，不過才剛踏出實驗室就停下腳步。

正好也走過來的虞佟有點訝異地看著他，「嗯……阿因他們在這邊嗎？」

「咦？沒有啊，我也正好想找他說。」玖深搖搖頭，一臉疑惑，「老大不是說他在你們那邊的休息室嗎？」

「夏也是這樣告訴我，但我買了晚餐上來，發現休息室裡沒人，以爲他們跑來找你們了。」虞佟有點無奈地嘆了口氣，「阿因的手機打不通，小聿的沒人接，夏剛剛跑出去了，阿司他們那邊也都說沒看到人。」

「那……狗也跟著不見了？」抱著希望誠懇地問道，玖深很希望狗還在。

「嗯，說起來，我還眞沒有仔細看過狗。」這陣子也幾乎都處於忙碌狀態的虞佟只知道家裡來了黃金獵犬，後來找到主人送回去的事。「狗怎麼了？」

「那隻狗可能曾出現在何仕俊的死亡現場，或是何仕俊在死亡前有跟狗在一起。」從後面跟出來的阿柳說道，「我們將老大身上的狗毛做了檢驗，發現和死者身上的一樣，所以想要再確認。」

「等等，我打給夏。」

跟著過去看檢驗，虞佟一邊撥了電話給虞夏，說了目前這邊的狀況。

手機另一端沉默了半晌，接著也回以一些狀況。

看他們交談了滿久，等到虞佟掛掉手機，玖深有點疑惑地詢問：「老大那邊怎麼了？」

「傍晚時接到通報。有位轄區員警好像私下經常會買些便當給負責區域的遊民，今天下班後也一樣送去，攀聊時其中一位突然主動提供訊息說見過很像何仕俊的人，所以夏趕過去了解狀況。」頓了頓，虞佟說著：「據說是從車站離開之後被架走，當時遺落了行李，被另外一名遊民撿走，拿走金錢和衣物後便棄置了，背包被丟在滿偏僻的地方，不過已經找到了，證件都還在，的確就是何仕俊的證件沒錯；另外還有北部到這裡的車票，時間正好是兩個月前。」

「所以他是在北部就被盯上了，一下台中立刻被抓，看來眞是個倒楣的傢伙。」阿柳突然覺得對方眞是個可憐蛋，然後也一邊開始做準備，等等虞夏回來，肯定也是拿著東西往這邊跑的。

「是啊，不過他到底想要逃啥啊……被抓到還死得那麼慘。」玖深跟著應答話題，「這種手法實在不是一般人會做的啊，如果跟幫派扯上關係就麻煩了……」

不知道爲什麼，虞佟突然感到有點不安，「我再去聯繫小聿看看。」虞因他們不會無故跑出去，最起碼聿不會，所以一定是發生了什麼事情，讓他們要偷偷跑走。

「對了，佟你有聽見下午大家在說的事情……」

「等等！等等等等等等！」打斷了阿柳的話，玖深捂著耳朵直衝出實驗室，「我不想再聽一次不科學的事情——」

「記得吃完宵夜再回來。」朝奔遠的背影揮揮手，阿柳覺得最近的對話越來越重複了，真是需要改變一下現狀啊。

回過頭，虞佟還在等他。

「今天下午時候……」

□

「真是謝謝你們的幫忙。」

深夜時分，在寵物醫院折騰好一段時間的葉桓恩帶著兩名客人返回屋內，很誠懇地道謝著，「沒想到會遭小偷啊……」

看著被翻過的室內，他抓抓頭。

包紮好傷口的小魚乾走過屋裡，還是很有精神地坐下看著所有的人。

「要報警嗎？」虞因拿出手機，這才發現自己的手機一片黑，稍早摔到地上時殼被摔了半開，電池有點鬆脫沒注意到。

「不，不用了，我這裡沒什麼値錢的東西，看來他們也沒得手，要跑派出所太麻煩了。」稍微整理了下，葉桓恩檢查了電腦主機，確定也沒被解開登入密碼後說道：「我行動不是很方便，沒丟東西就算了。倒是你們兩個跟著忙半天應該很累了，要不要在這邊睡一晚再回去？」

「這個……」剛剛急著把狗送醫，虞因也忘記這問題，今天本來應該在警局過夜不回家的，但是他們偷溜出來，現在這樣也不知道該回警局討打還是怎麼辦了。

「不用客氣，我的客房是閒置的，平常沒什麼用到。」接住跳下來的雞肉乾，葉桓恩很友善地微笑，「不然你們先打電話和家人報平安，我去弄點宵夜，大家吃一吃早點休息吧，明天我跟你們一起回去解釋狀況。」

和聿交換了一眼，虞因想了想，這似乎也是個解決的方法，康哲昌應該不至於追到這裡來，「那我們先跟大爸報備一下吧。」

摸摸雞肉乾，放開貓之後，葉桓恩先走向廚房弄吃食。

把電池裝回去，重新開機後虞因看見了無任何訊號的畫面，「奇怪……小聿你打吧。」

他看了一下，發現虞佟有打電話給自己，因爲當時沒開機所以沒發現，之後也有好幾通虞夏的未接來電。有瞬間覺得他家二爸的號碼還眞像地獄來電……

拿出手機，聿也看見很多未接來電，但是手機一樣收不到訊號，拿高拿低都一樣，完全無法撥出。

完全搞不懂是什麼狀況，虞因嘖了聲，正想去向葉桓恩借電話時，客廳內的燈光突然一個閃爍，一邊的裝飾架子突然倒下，不偏不倚擋在客廳的出入口處。

雞肉乾發出嘶嘶的叫聲，小魚乾也警戒地繃緊身體。

擋在聿的前面，虞因很快地環顧客廳，卻什麼也沒看見。

「怎麼了嗎？」端著微波好的宵夜出來，葉桓恩看到客廳的人和動物都緊繃著身體。

「沒事，手機好像有點問題，可以借一下電話嗎？」看著仍沒訊號的手機，虞因問道。

「好啊。」拿出手機，葉桓恩咦了聲，上面一樣顯示沒有訊號，「眞是奇怪，你們用室內電話吧，在電腦旁邊。」

聿走過去，拿起電話但也沒聲音。

「奇怪了，你們先吃吧，我去檢查一下是不是線路出問題。」也搞不懂發生什麼問題，葉桓恩招呼了下，就先離開客廳。

跟著忙碌了一晚的確也有點餓，虞因和聿也就不推卻屋主的好心，坐了下來。

葉桓恩準備得很簡單，就是微波速食，超商都可以買到的義大利麵和簡易濃湯，丟進微波爐之後就是豐盛的餐點。

嗅到香味的小魚乾巴巴地望著他們，聿從虞因的背包裡翻出肉條餵牠。

「是說，剛剛那個員警證我總覺得很奇怪。」打破了沉默，虞因邊吃邊思考著剛才那個入侵者出示的證件。

聿抬起頭看他。

「跟大爸、二爸的有點不太一樣。」從小看自家老子的證件到大，虞因多少可以分辨出差異，「應該是假的。」

想了想，聿拿出紙筆，寫下英文和數字。

「啊，你記得車牌啊！」接過車牌號碼，虞因反射性拿出手機想傳給玖深，接著就想起手機不通的事，但很快他發現已經重新顯示有訊號了。只是有點奇怪螢幕畫面不知道是不是故障，跳出一些彩色方塊好像當掉一樣，不過又順利搜尋到訊號後，多了新的未接來電，除了虞佟、虞夏外，連玖深和嚴司也打了過來。

讓聿繼續吃東西，虞因拿著電話和車牌號碼走到陽台邊，回撥了虞佟的電話。

很快地，電話接通了。

通話那頭的虞佟劈頭就問了他們的所在地，語氣相當急。

「我和小聿在狗主人家。」打了個哈欠，虞因揉揉眼睛，不知道為什麼突然覺得有點睏，「發生了一點事情，不過現在都沒事……」甩甩頭，奇怪的睡意一點也沒有消除，還越來越濃烈。

手機那端傳來的聲音好像突然變得有點模糊。

按著牆壁，虞因勉強撐住身體，雖然想告訴虞佟這邊的地址，但是卻說不出來，整個腦袋變得很鈍，難以思考。

本能地知道這狀況一點也不正常，跪倒在地時他偏過頭，看見聿已經趴倒在桌上，明顯毫無反應。

倒下去時，他好像看見葉桓恩的身影出現在客廳入口。

黑暗逐漸侵蝕而來，吞噬掉殘餘的意識，只剩下手機的聲音迴盪在空氣中。

「馬上離開那裡，聽見沒有？阿因……阿因？」

只想做些什麼。
很想幫忙些什麼，即使沉淪，也能夠擁有自己掙扎的生存痕跡。
即使短暫，他也能用自己的方式幫上忙。
即使周遭有失望的眼神，也不會在意。
人依照自己的心選擇重新沉入泥濘時，不是因爲想再一次墮落，也不是想要再度逃避。
但是，結果依舊不如自己所願。
攤開的手是紅色的。
握起的手亦紅色的。
得到的是信任，所以他知道了。
怎樣的離開，也不會後悔。

□

「知道位置嗎？」

深夜，匆匆趕回警局的虞夏問著自己的雙生兄弟。

虞佟搖搖頭，接到最後一通電話之後，虞因和聿的手機再也沒被接起了。

「老大，要不要請人幫忙搜索啊？」一樣很緊張的玖深巴巴地問著。

「等等，我之前曾在轄區登記走失狗，先問問看那邊主人有沒有聯繫過。」安撫著不安的兄弟，虞夏邊打了電話過去詢問派出所，幸運的是對方已經回報找回，而且還留下了聯繫資料，「地址知道了，走吧！」

看著匆匆離開的兄弟檔，玖深看了下時間，都已經半夜兩點多了，「我跟老大他們一起過去好了。」他也很擔心，還是想跟著去看看，反正現在已經是下班時間，他是自主加班的，出去也沒差。

「小心點。」阿柳把外套拋給對方。

「啊，葉桓恩這個名字很耳熟，阿柳你查一下是不是有這個人的新聞，總覺得最近不知道在哪個案子有聽過……」丟下話之後，玖深跟著追出去了。

幸好追到樓下時，虞夏他們剛開車，他就跟著搭上順風車，一路往虞因學校方向直飆。

深夜的馬路上非常寂靜，靜得連車內細微的聲響都顯得很大聲。平常得要遵守的交通號誌閃著黃燈，在黑夜中毫無平日的規則。在接近地址所在位置時，黑暗的道路上有部房車與他們擦身呼嘯而過，速度非常地快。最後他們駛進了偏僻的小路，找到了幽暗的小屋子。

□

他感覺到某種銳利的物體劃過肩膀。

迷迷糊糊的，似乎有什麼東西移動了他的身體，那種感覺很不確實，連拖帶拉地將他塞進了很小的空間裡。

從黑暗中醒來時，他直接對上一雙紅色的眼睛。

那瞬間還反應不過來，過了兩秒後他才整個人嚇了一大跳，本能地想要往旁邊縮就先撞上很大的暖熱物體。

戰戰兢兢地偏過頭，看見聿居然躺在自己身邊，眼睛緊閉著，似乎還未恢復意識。

回過視線，剛才幾乎貼在他臉上的東西不見了，取而代之的是在黑暗中勉強可以辨認的木板，側邊則是一塊布料，最下面有條縫，往外看稍微可以看出是地板……床底下？

虞因瞬間清醒過來。

他們被塞在床底下？

動了動手腳，沒有遭到任何綑綁或束縛，但是身上似乎有一些擦傷，恢復知覺後就傳來不一的刺痛感。

正想翻身離開，虞因突然聽見了腳步聲，原本以爲是葉桓恩，想開口喊人時，才注意到腳步聲不只一人，是複數的，踏在地板的是穿著鞋子的聲音，不像是住在這裡的人。

停下動作，他仔細聽著那幾個來來回回的走路聲，很快就發現應該只有兩個人，正在不同的地方來回走動著，似乎在找尋什麼。

「幹，那隻狗和貓有夠難對付的。」走了一陣子之後，其中一個人發出低罵聲。

「小聲點，不要又被發現了。」

「這種半夜誰會注意到。」

罵罵咧咧之後，那兩人又持續搜索著。沒多久，一人的腳步聲踏進虞因他們所在房間，他從縫看見了一雙黑色硬底鞋，手電筒的光映亮了地面。

慢慢地壓緩呼吸，虞因握緊了拳頭擋在聿的前面，等待著對方。

翻動的聲音持續了一會兒之後，床鋪被人用力一按，燈光猛然就照了進來。

幾乎在同一瞬間，虞因直接一拳打在對方臉上，用盡全力完全不留情，當場就把那個人打得哀號出來，他把握時間從床底下翻出，掉落的手電筒讓他把對方的模樣看得一清二楚。

「是你！」

直接認出眼前的就是晚上跑出去的那三人之一，虞因立刻左右看了下，是間很平常的房間，只擺張床和小櫃子，沒什麼可以立即當作武器的東西……他立刻撿起了對方的手電筒，在男人摀著鼻子掙扎著想站起來時，用手電筒的底端再往對方鼻梁一擊。

甩著還有點昏沉的腦袋，虞因在另一人聽到騷動跑過來之前關上了房門，上鎖後搬了小櫃子先擋住。

他還搞不清楚現在是什麼狀況，總之房間是陌生的，仔細回想還記得打了電話給虞佟後失去意識的事……葉桓恩難道給他們吃了什麼嗎？

不管了，總之這些人也不是什麼善類，先應付眼前狀況再說。

被關在外面的另一個人顯然非常憤怒，用力敲打著房門，接著還踹門，看起來不怎麼堅固的門板很快就會沒什麼作用了。

被他揍了兩次的男人摀著冒出鼻血的臉，很狼狽地站起，極度憤怒地凶狠瞪著他，接著從口袋裡掏出刀子，「找死——」

雖然帶有鼻音的威脅很好笑，但這種狀況下虞因實在很難笑出來，他沒有虞夏那種空手奪白刃的絕技，只好險險地砍過對方刺來的刀尖，然後用枕頭擋下，「你們到底是誰啊！」

轟地聲，門直接被踹開，進來的果然也是稍早看過的另一個入侵者。虞因看了眼窗戶，考慮跳出去讓他們追，至少可以把人從房間裡引開，這樣聿會比較安全。

「把東西交出來。」刺眼的光線直射虞因的臉，撞進來的高大男人看了下吃癟的同伴，晃了晃自己手上的手電筒，「會給你好死點。」

不著痕跡地往窗戶位置移動，虞因瞇起眼，將手上的光回照對方，「你們到底是誰？」

「別裝蒜了，你跟姓何的也認識吧，你們把他給的東西藏到哪裡去了！」制止想衝上前揮刀的同伴，男子森冷地開口。

姓何的？

虞因搞不清楚他在講誰，從窗戶看出去的景色讓他確定他們還在葉桓恩的家，這個房間應該是他家的客房吧，那麼他們要找的應該是葉桓恩或他的朋友才對。「你們去問知道的人啊，我不知道你在講什麼。」

「放心，姓葉的已經要去找他朋友了，如果你再不說，你就跟著他們一起下去吧。」示意同伴走過去，在虞因靠近窗戶之前把刀架到他脖子上，迫使他停止任何動作。

「我只認識葉大哥，你說的我真的不知道。」感覺到脖子傳來刺痛，虞因冷靜地回答。

「你——」

細小的喀喀聲終止了男人未出口的話，冰冷的刀片突然從後面冒出來，直接劃開了他的頸側，淺淺地割進了動脈旁邊。

虞因的手電筒光源照到對方身後的另一張臉。

「放人，或死。」握著美工刀，聿面無表情地發出淡淡的聲音。

刀尖都戳進脖子了，換男人不敢隨意動彈，也沒想到自己竟然被人無聲無息地摸到背後，一時場面僵持住了。

脖子上的刀開始施力，但是虞因比較擔心的是聿的動作，他不想被殺，但更不想聿動手傷人，之前好不容易說動他放棄殺人，不能在這種狀況下讓他走回頭路。

但是被抵著脖子的自己好像也沒什麼立場說服兩方和平放手。

正在苦惱時，黑暗中槍枝上膛的聲音解決了所有窘境。

「警察，全部不准動。」

□

客廳瀰漫著一股肅殺的氣氛。

抓著脖子上的ＯＫ綳，虞因看了看正在聯繫警力支援的虞佟，然後又看了看正在打包兩名入侵者的虞夏，接著默默地縮到正在解開狗的玖深旁邊。

「玖深哥你們怎麼知道這裡？」很小聲地問著一邊連吭都不敢吭的人，虞因其實比較想一秒逃出，因爲他家二爸從剛剛開始就用一種殺人目光狠瞪他，讓他覺得眞的很可怕。

「老大查到的。」小心翼翼拆掉狗頭上綑著的膠帶，玖深也很小聲地回答，就怕虞夏衝過來連他一起揍下去。

一旁的聿已經把貓身上的膠帶剝光，雞肉乾發出了不悅的叫聲，馬上跳到最高處，警戒地看著所有人。

「阿因，給我過來！」把手上的人綁緊之後，虞夏按著手關節，瞇起眼睛看著自家又落跑的小孩。

吐吐舌，虞因戰戰兢兢地走過去，意外地沒先得到一記鐵拳，只瞪了他一眼的虞夏蹲下來，用搜出來的員警證拍拍其中一人的臉，「你們知道拿僞造證件是犯法的吧，看你們也是入侵民宅，現在又傷人，要合作還是要關久一點自己選吧。」

閉緊了嘴，兩名入侵者完全不發一語。

在客廳大致打量了一圈，虞佟拿起了放在櫃子裡的相片，「你們過來看看這個。」放開了焦躁不安的狗，玖深和聿也跟著靠過去。

那是張兩人合照，背景是山景，其中一人搭在合歡山主峰字樣的石柱上，雖然和現在比年輕了許多，但是虞因和聿一眼就認出來是葉桓恩。

「這個人是不是何仕俊啊？和雕像好像。」指著另外一人，玖深連忙說道，「看相片日期應該是他們高中時候拍的。」

「誰啊？」虞因疑惑地問道。

「你那個爛掉的死者。」虞夏嘖了聲，注意到葉桓恩脖子上掛著條十字架項鍊，就跟他在現場找到的一模一樣，但是相片上看起來新得多了。

「咦，他們認識喔！」訝異地看著相片，虞因沒想到竟然會這麼巧，一回頭，猛地看見了黑暗的窗外，那團原本趴在地上的東西緩緩地站起身，雖然樣子看起來還是很慘不忍睹，但是已經開始稍微恢復人的型態。

紅色的眼睛在玻璃外看著他們，然後骨頭穿出的手臂吃力地抬起來拍在窗戶上。

「……你們另外一個人呢！」跑過去揪住其中一名男人的領子，虞因打從心裡覺得不對勁。

男人突然冷笑了一聲，依舊保持沉默。

「怎麼了？」虞佟拉開自己的兒子。

「玖深哥，死者是穿黑色休閒褲和運動鞋嗎？」死者不是吊死的，他被繩子纏頸，並不是吊死，跟掛上去完全不相干。虞因突然驚覺他可能搞錯了很重要的事。

「不是，牛仔褲和球鞋。」突然被點名，玖深嚇了一跳，還是反射性地回答。

「阿飄出現時是穿休閒褲……」停下了說話，虞因和聿對看了一眼，猛地想起來今天幫他們弄宵夜的葉桓恩穿的就是黑色休閒服。

「喂！另外一個人呢！」拽住被綑在地上的傢伙，虞夏直接把人拖起來，「你們把屋子的人帶去哪裡了！」

「你說呢？」男人用一種嘲笑的表情看他們，接著轉向虞因兩人開口：「算你們運氣好，如果姓葉的沒把你們藏起來，你們現在就跟他在一起了。」

「什麼意思？」虞夏扭緊對方的衣領。

「吃掉東西的是你們。」冷冷地笑著，男人開口：「加的料本來是幫那個姓葉的準備的，多虧他沒自己逃命好心地先救你們，我們才抓得到人。」

「你們上次進來時在葉大哥家裡的食物下藥？」難怪那時候會一下子就失去意識，虞因本來還以爲是屋主有問題，現在看來恐怕是葉桓恩自己也不曉得，一回來看到他和聿倒了，知道時間不多，緊急將他們藏到樓上，連貓狗都沒來得及安置好就被抓了。

這樣一來，那時候無法撥通手機和電話就不是阿飄搞的，而是人爲陷阱。

……搞不好後來能接通電話才是阿飄做的事。

掛著讓人不悅的冷漠笑容，男人沉默了。

扔開人，虞夏去逼問另外一個，得到的反應也是一樣，完全不理睬他們。

警笛聲從深夜的遠處傳來，漸漸驚動了附近的住戶。

正想先把這些人痛揍一頓時，虞夏突然被自己的兄弟制止，虞佟蹲下身與對方平視，「你們很有把握會沒事對吧？你們後面的人很有門路，沒錯吧。」

「知道，就別攪和進來。」伸出了舌頭，男人露出噁心的笑容。

「我跟我兄弟不同，我總是告訴他揍出傷會被媒體盯上，別亂來……所以你們還是乖乖合作比較好。」回以溫和的微笑，虞佟按著對方的肩膀，「我們趕時間。」

大概知道自家人想幹嘛的虞夏冷笑了聲，蹲下來，有點同情地拍拍男人的臉，「誰教你們想動小孩子，我說你們還有反悔招認的最後機會，老實點會比較好。」

「白痴。」

下一秒，本來在笑的男人突然變成了慘號。

只覺得肩膀很痛的虞因突然同情起被綑的人，肩膀被硬拉脫臼一定很痛……超痛的！

用力地把對方的肩膀接回去，虞夏再度開口：「你還有一次機會。」

「白痴……嗚啊啊——」

就這樣反覆了三、四次之後，男人痛哭流涕地招出一個地址。

「早點合作不是好事嗎？」微笑地站起身，虞佟拍拍手，轉過頭，看見後面的另外三個，以及到來的警車燈光，「不是嗎？」

「是好事。」玖深和虞因連忙用力點頭。

幾名制服員警進來後，虞夏將人和動物都交給他們先處理，接著和虞佟就直接往外走。

「我也要去。」直接鑽到車後座，虞因很堅持地開口，接著聿也跟著坐了進來。

在虞夏開口罵人之前，玖深也跟著塞進最後一個位子，「老大，我會看著他們。」

「……到了之後不准給我下車！」沒好氣地罵了句，虞夏發動了車子，很快便衝進了大街，轉往剛才那傢伙提供的地址而去。

昏黃的路燈飛速閃逝著，虞因抬起頭，看見後照鏡中出現了那雙紅眼，就在他們所有人的後面，貼在後車窗上。

他希望來得及。

□

就在車上陷入寂靜時，某種音樂聲響起。

本來有點昏昏欲睡的玖深整個跳起來，連忙翻出自己的手機，「啊，是阿柳。」說著，他將手機轉成擴音。

「老大他們也在嗎？」通話之後，阿柳的聲音從手機另一端傳來。

「嗯嗯，老大正在開車。」開得有點快就是，玖深這時才發現車子的速度已經達到那種可以攔下來開單的程度，所以他馬上把視線移回來，「怎麼了嗎？」

「我查了下這個人，葉桓恩跟我們是一樣的。」

「咦？」愣了有兩秒，玖深才想起離開前曾請阿柳去查。

「簡單來說，葉桓恩也是警察，但是他現在正在休養治療中，我查了記錄，他已經休了快要兩個月的假了。」手機那端傳來一些細微的聲響，然後阿柳才繼續開口：「他是王克桎案子的相關人員，當時不是有兩名員警重傷嗎，他是其中一個。」

「他是王克桎小隊的人嗎？」虞佟回過頭，接過手機詢問。

「不、不是，那一天他其實是排休，只是剛好出現在那裡。在歹徒出現時協助疏散一般民眾，因爲保護路人被開了三槍，其中一顆子彈打在腰側，另外兩顆打在腿上，所以他現在應該是正在休息復健中。附帶一提，另一名受傷員警已經復元回崗位了。」

「你可以再幫另一個忙嗎……請查看看葉桓恩和何仕俊是不是同學，從高中開始查。」

虞佟將自己記得的相片日期告訴對方。

「對了，剛剛小聿記了一組車號。」推了推旁邊的聿，虞因也讓對方重寫了一次號碼遞上去。

「……」手機那端的阿柳突然有點後悔打這通電話，不過還是複述了一次日期和車號，接著就掛斷通話去開夜車了。

就在同時，車子也駛進了略微偏僻的工業區，地址所在位置是相當偏遠的廠房，幾乎已經偏僻到連路燈都沒有，一眼望去只有在漆黑空間裡佇立的鐵皮屋頂隱約透出幽幽冷光。

緊閉的大門內停放著一部廂型車，車號和聿提供的相符。

「你們千萬不要離開車子。」愼重地再交代一次，虞佟和虞夏下了車之後，鎖上車門，便無聲無息地潛入工廠。

轉過頭，玖深看到有點蠢蠢欲動的虞因，於是無聲地又複述一次他家兩個老爸說的話。

就在想要換到前座駕駛位以備不時之需時，玖深瞄到工廠另一面有個鬼鬼祟祟的人影，他連忙按著虞因他們盡量縮起來。

黑暗中，那個人影偷偷摸摸地繞著另外那部車子走，繞了大致一圈後，突然發現玖深他們這邊。

不知道爲什麼，玖深越看越覺得對方的身形有點眼熟。

就在玖深做好隨時制伏對方的準備時，廠房內突然傳來三聲槍響，在黑暗中顯得特別響亮，原本要靠過來的人也怔了下，立即轉身往另外一個方向跑走了。

「我去看看狀況，你們待在車上鎖好門。」確定那個人應該眞的離開了，玖深馬上打開車門，正想過去時，遠遠就看見虞夏出現在門口，做了一個安全的手勢。

還沒等他開口，虞因和聿一溜煙地逕自衝下車，筆直地朝廠房跑去。

其實並沒有要阻止他們，玖深嘆了口氣，默默地發動車，把車子開過去。

「裡面只有兩個人。」夾著手機叫救護車，虞夏斜了虞因兩人一眼，然後示意玖深把車子開到門口旁，「都持有槍械，我和佟剛進去時候他們正好把葉桓恩吊到天花板上，所以我們乾脆一人賞一槍直接制伏。」

兩人兩槍？

玖深的疑問在進到廠房裡就解開了。

顯然是被一槍打斷的粗繩被虞佟解開，葉桓恩倒在一旁，另外一側則躺著兩個抱腿打滾的男人。

「沒事吧？」虞因和聿靠了上去，有點擔心地問著。

葉桓恩的狀況並不是很好，臉上和身體都有明顯傷痕，脖子上的勒痕更不用說了，看來在他們到達之前也吃了不少苦頭。

「幸好及時發現，只是昏過去。」小心翼翼把人放置好，虞佟將扣押的兩把槍交給玖深暫時保管。

虞因看過去，果然兩人之一就是稍早看見的三個人裡最後那個，另一個陌生人的年紀看起來並不大，可能比自己還要小，染著一頭金髮，左手上全都是刺青。

然後，他看見黑暗的角落裡，原本趴在地上的一團黑影慢慢支撐自己站了起來，爛到不行的面孔現在居然依稀可以辨別出部分面目，紅色的眼睛看著他們這邊，好像鬆了口氣般，慢慢地轉過身，就這樣消失了。

就在救護車警笛傳來時，葉柤恩發出劇烈的咳嗽聲。

「看來應該是沒事了。」蹲在一邊，虞夏嘖了聲，「搞什麼鬼啊你們！」

等咳嗽平息之後，葉柤恩微微睜開眼睛，喃喃地說了幾句話，虞佟彎身聽清楚之後，雖然有點疑惑，不過還是招手讓玖深過來，取過已經卸下了彈的槍枝讓他看槍柄底部。

似乎確定了什麼，他指了指上面，讓一旁的虞佟也看了之後，才又失去意識。

「什麼？」虞夏歪過頭，看著自家兄弟轉過來的槍枝，接著注意到槍枝底部都有一道幾乎同位置且長度相似的紅色刮痕，「同一批的。」

「他們不只這兩把，可能有兩把以上。」將槍遞給玖深，虞佟讓開身，讓救護人員可以順利做緊急處置。

「啥意思？」虞因很誠懇地看著旁邊的玖深。

「喔，就是有些幫派團體的武器會統一做記號發派，不一定是刮痕，有時候會有特殊印記，代表他們是一群……呃……」很反射地就講給對方聽，玖深一抬頭，正好對上虞夏凶惡瞪人的視線，他立刻閉上嘴巴。

「看來，我們必須盡量取得他們的合作呢。」

對於虞佟如此和藹可親的話，其他人只覺得後頸一陣冷風。

「總之，先回去再說。」

□

他都不記得自己是什麼時候睡著的。

很有可能是在看案卷時實在太累，趴下想休息一下後不自覺就睡著了。

隱隱約約，好像聽見沙發那邊傳來聲音，有人輕輕地坐下，沙發被擠出了氣體，慢慢地淡去了聲響。

有幾次是這樣子，來騷擾他的人注意到桌上文件太多時，就會很有自知之明地收斂一些，有時會自己在旁邊嗑零食宵夜，有一半機率會把他吵醒，沒吵醒另外那半通常就是他清醒後，無言地看著滿桌吃剩的垃圾，而製造的渾蛋已經揚長而去。

因爲實在太累了，他決定不管對方，再休息五分鐘。

也不曉得對方是不是眞的注意到他的疲勞，竟然沒再發出什麼奇怪的吵鬧，只有偶爾站起來走動和翻東西的聲響。

迷迷糊糊又過了一會兒之後，他才揉著發痛的額頭爬起來，「……你來多久了？」

沒有回應，甚至連一點聲音都沒有。

他這才發現，室內是一片的黑暗，除了自己桌邊的檯燈還亮著之外，一切燈光都被關上了……他記得休息前都還是亮著的，其他人員應該也早下班了，室內充滿一種怪異的氣味。

正想站起身重新打開電燈，黎子泓突然察覺到座位後有人，辦公椅很明顯在向後時撞到不該存在的東西。

「我如果是你，就不會選在這種時候回頭。」

陌生的聲音從後頭傳來，接著一股力道將辦公椅向前撞，迫使黎子泓坐回去，被對方困在位子上，冰冷的銳利物體停在他的後頸上。接著他看見一條手臂越過桌面，將檯燈調到最暗，僅能看見一小片桌前空間。

「你是誰？」冷靜地詢問著身後的人，黎子泓想起最近幾次的確有被人跟蹤的感覺，但真的回頭要找，卻又沒任何人。「你在調查我的作息時間嗎？」

「不，暫時還沒有。」刻意壓低的聲音在椅背後的空間響起，「還不到時候。」

「你究竟是誰？」

隨著問題，刺痛感從後頸傳來，尖銳一點一滴劃破皮膚，溫熱的血珠緩緩拉出向下的軌跡。

「我想想，你們可以繼續用蘇彰這個名字沒關係。」

輕輕地移動著刀尖，椅子後的人靠在椅背上，發出了冷笑聲。

「那是你捏造的假名，沒有這個人。」早就調查過他當時留下的打工和租屋記錄，全部都是假的，黎子泓看著桌燈，淡淡地開口：「你所謂的『蘇彰』是無，不存在。你究竟是什麼人？」

「反正不想說的話，不管是蘇彰還是其他名字都一樣，你們就自己省事點，繼續用蘇彰當作檔案名吧。」

戴著手套的手指按上他後頸，撥弄著割開的傷口，拉扯被分開的皮膚，弄出更多血液。

「對於自己認爲是作品的案件，卻不敢使用眞名署名嗎？」忍耐著幾乎全身發麻的劇痛，黎子泓咬牙強迫自己不能示弱，繼續問道。

「時候還沒到。」

就在黎子泓試圖要再用其他方式詢問時，放置在桌邊的手機突然響了起來，發亮的螢幕顯示現在是清晨四點半，即將天亮的時刻。

「你可以接電話，求救也沒關係。」

後面的人趴到他的後肩上，蝴蝶刀向前滑到他的頸側，拉出細微刺痛，「開擴音。」

沉默了半晌，黎子泓開啓了通話，將手機放在桌前，來電是未顯示號碼，他也不知道是誰在這種時間打來，但是他很不希望是嚴司。

接通後，電話那端傳來輕微的咳嗽聲，然後聲音才清晰起來，「學長？你在休息嗎？」

「……學弟？」沒有直呼對方名字，黎子泓不想讓身後的人再牽扯更多人進來，「我還在辦公室，有事嗎？」

「嚴司那個渾蛋應該不在那邊吧？」

「不，這裡只有我一個人。」不曉得對方爲什麼會先問嚴司，總之黎子泓還是謹愼地回覆著：「沒事的話，我想繼續手上的工作，先這樣了。」

「等等，關於宋蕙純案子的。」手機那端傳來一些雜音，很明顯可以聽見是電腦發出來的怪聲，過了一會兒對方才接續了話，「雖然沒辦法用殺人嫌疑去查屋子，但是你們可以用搜索毒品去清查。」

「康哲昌家裡有毒品？」愣了一下，黎子泓皺起眉。

「我給你的那東西，記得吧，難道你們還沒送去檢驗嗎？」電話那端聲音陡然降低溫度。

「天亮之後，如果還可以，我會詢問檢驗結……」

「你閉嘴。」打斷了黎子泓的話，遠在另一端的東風森冷地開口：「雖然我不知道你旁邊那個人是誰，但是我已經通報離你們最近的警局以及警衛，你要嘛最好現在離開我學長的辦公室，不然一分鐘之後就等著各出口的警察押你回去。」

幾乎是在印證他的話，遠處響起了警笛聲，且數量不少。

黎子泓聽見了笑聲，身後的人探出手，拿走了手機，「有趣，你就不怕我現在殺死你學長嗎？」

「你讓他接電話，可見沒有立即性的危險，就如我說的，一分鐘後出口會全部被封鎖，你要用一分鐘殺人，還是要用一分鐘逃走。」頓了頓，擴大的聲音在空氣中冷冷地傳遞，「但是這一分鐘內，你應該也沒有把握能夠將人徹底殺死，不是嗎？既然沒有預備做，就不要浪費自己的時間去做不必要的事。」

室內的警鈴響起，走廊上也傳來警衛的跑步聲。

「好吧，你很有道理。」

切斷了通話，手機被拋回桌上。

「那今天就到此爲止吧，你們想知道創作者的名字，就來抓我；抓到，就是你們的。」

還未開口，黎子泓突然被對方抓住了頭髮，頭顱被巨大的力道朝桌面重重一撞，瞬間感覺到暈眩與劇痛，模糊間他看見一道身影閃出了辦公室，接著是值班法警、警衛匆匆到來。

「黎檢……」光亮被開啓時，警衛倒抽了口氣，連忙衝過來扶起他。

過了半晌才緩過來，黎子泓抬起頭，映入視線當中的卻是血手印，非常非常多的血手印蓋在他的辦公室牆上、沙發桌面上、文件上，剛才嗅到的氣味就是那些手印所散發的。

「不要破壞這裡，先扶我出去。」拿起了手機，黎子泓讓警衛支撐著自己繞出辦公室。

接著，不少員警擁入，他忍著痛詢問之後，才知道東風直接打進警局通報有歹徒入侵挾持。

坐在救護車上讓消防員處理傷口，他回撥了電話給東風，「你怎麼知道有人入侵？」

手機那端先傳來幾秒鐘的沉默，接著才有說話聲：「你手機開了擴音……聲音太遠；你不會急著掛我的電話，可能有某種不正常的問題，但是又不是嚴司那渾蛋。而且，你說了『如果還可以』……你最好順便檢查一下身體，看看有沒有被下藥，不然連被入侵都不曉得。」

無聲地勾起唇，黎子泓好笑地搖搖頭，「謝謝，但是四點多打電話實在是太早了。」

「……我剛剛不知道四點多。」

「咦？」

手機瞬間被對方切斷了通訊。

知道現在回撥，對方一定不會接電話，黎子泓嘆了口氣，抬起頭。

天亮了。

朋友究竟應該如何劃分？

清醒時，病床前就像上次一樣坐著人。

他記得事情不對了，一切事情都出差錯，所以必須趕去。

已經有點發舊的項鍊是他的信仰。

拿著項鍊的人像在告解般告訴他這些事情。

於是信仰被借走了，因爲此刻他更需要。

願神保佑。

□

「沒事吧？」

天亮之後，虞夏來到了臨時辦公室，看著鑑識人員在黎子泓原本的工作空間出出入入，拿出了蓋有血手印的物品。

按著後頸的紗布塊，黎子泓搖頭，「小傷。」

「你們辦公大樓沒有被入侵或破壞的跡象，我已經讓小伍他們去檢查監視器畫面了。」拍拍對方肩膀，虞夏打了個哈欠，「怎麼了？」注意到黎子泓嚴肅的表情，他皺起眉。

「不……沒事。」不知是不是自己多心，黎子泓總覺得對方本就沒殺他的意思，與其說來殺人，不如說是來嚇人，他的確有被嚇到，「那些血印不是我的，可能有其他受害者。」

「我想也是，血量不一樣。」揉著額頭，虞夏有種最近事情越來越多的感覺。

「葉桓恩狀況如何？」

「幸好發現得早，雖然傷勢稍重也還在昏迷中，但已經沒有生命危險了。」想起稍早混亂的狀況，虞夏搖搖頭，「奇怪了，北部的警察為什麼會出現在這裡？阿因也說了他是最近才搬下來，養傷也不至於在假期末才來。」

「沒有公文嗎？」

「沒，完全沒有接到要合作的消息，但是他很明顯是衝著那幾個人，連槍都知道是同一批。」看來他應該要先走一趟主任辦公室，看看是怎麼回事。虞夏盤算著要怎樣去詢問，然後說著：「總之，我哥和阿因他們目前在那邊，有問題會立刻打電話通知。」

「嗯，找點時間先休息。」將康哲昌家的搜索票交給對方，黎子泓說道。

「我知道怎麼照顧自己。」

扔下話之後，虞夏就揚長而去。

呼了口氣，黎子泓抹抹臉，低頭檢視著混亂成一片的檔案。蘇彰不但把他的辦公室搞得亂七八糟，也把他的工作搞得一團亂，有些文件甚至不在原本的封夾裡，連電腦裡的檔案都被變動過，看來他在等待的時間裡非常自得其樂。

只是，爲什麼自己完全沒察覺到這些動靜？

按著後頸，他瞇起眼，想起了的確有感覺到不太對勁的疲勞，看來眞的如東風所說，等等要去檢查一下是不是有被下藥而不自知。

「我就說你總有一天怎麼死的都不知道。」

抬起頭，果然看見嚴司似笑非笑地站在門口，黎子泓放下手上的文件，「起碼確定了蘇彰的滲透能力比我們想像的還要強。」

「你以爲他是間諜嗎，還滲透能力咧。」大刺刺地晃了過來，嚴司把手上的檔案夾往桌上一扔，發出了不小的聲響，然後逕自從旁邊拉了張很爛的椅子坐下。

看著被丟到桌上的報告，黎子泓翻開看了看，是何仕俊最新的檢驗報告，「沒事，我想蘇彰只是當作一種玩笑。」

「我有時候開不起玩笑，尤其最近還睡眠不足。」冷笑了聲，嚴司環起手，「何仕俊的屍體有毒品殘留，他死前還有在嗑藥。」

「……他應該已經戒毒了。」看來事情或許沒有他們想的那麼簡單？

嚴司聳聳肩，「這就是你們的問題了。」

就在室內陷入一片沉默時，一旁的手機響了起來。

接通手機聽取了對方的報告後，黎子泓鬆了口氣，突然覺得自己的疲勞一時全都湧上來，「辦公室裡的不是人血。」

「渾蛋。」嚴司只有這個感想。

□

「這是幫派槍。」

接過咖啡，跟著一晚沒睡的阿柳打開了電腦上的記錄，「以前其他區也查緝過，一共有七件，包括兩個月前北部那起案子也是，當時查扣一批槍械中有一半都有同樣的痕跡，另外，犯人使用的也都有。」

「所以葉桓恩眞的是私自下來查這些事情的。」很認眞地看著手上裝袋的槍枝，玖深比對了下螢幕上的建檔，果然差不了多少。

「綜合老大那邊得到的消息，我們知道兩個月前北部在查緝一起案件，然後消息被外洩，接著警方損失了一些人抓到那些犯人，再來就是何仕俊跑來我們這邊立刻被逼供埋掉，下一個月葉桓恩就出現在這邊了。」阿柳攤攤手，「同一批人，大概是中部分公司。」

「咦，難道會有南部的嗎？」玖深很訝異地看著記錄，「上面沒有耶，七件都是在北部登錄的，是不是應該要快點知會南部同仁？」

「……孩子，他們都知道的。」先別說槍枝流動一定會被關注，何況如果是這種規模，那不要說南部了，搞不好全台都有他們的點。阿柳有點同情地看著應該要知道這些事情、但腦子偶爾會當機的同僚，「你該睡覺了，眞的，不然記憶體會燒光。」

愣了一下，玖深才尷尬地咳了咳，「老大要去抄康哲昌的家，我等等要一起過去。」

「你小心點。」正坐起來，阿柳嚴肅地開口：「你們昨晚提供的那個車號登記在康哲昌的公司下，是該公司的公務車，宋蕙純的案子和何仕俊的案子搞不好有關係，如果是這樣，那康哲昌可能會有槍械。」

「嗯嗯、好，我知道。」點點頭，玖深準備著要帶出去的東西，「不知道黎檢察官那邊有沒有問題。」本來清晨接到通報時他也想過去看看的，但是實在太累了，所以負責的女同事不讓他跟，只好乖乖待在家裡等他們回來。

「應該沒事吧，不過如果繼續超時工作下去，可能馬上會出事。」打了個哈欠，阿柳揉揉痠澀的眼睛，決定等等先去睡一覺。「你們怎麼可以撐那麼久啊，累死人。」

「……其實我現在正在努力不要閉眼睛，感覺好像閉久一點就會睜不開了。」玖深搖搖晃晃地站起身，他現在連走路都有點好像不是踏在地板上的感覺。

看著友人走路都已經有點S形，阿柳突然深深覺得自己是幸福的，起碼他現在可以隨時落跑回家，不是工作狂眞好啊。

就在送走玖深之後，正打算先去休息時，外面突然傳來敲玻璃的聲音。

轉過頭，阿柳看見早上出門的小組回來了，帶頭的女同事正在外面向他招手。

「給你看好玩的東西。」

□

他睡得很沉。

隔絕了外界干擾之後，夢境裡是全然的黑，不遠處的對面則聳立著非常高大的塔台；像是以前看過的做醮，層層格格的，每個框口裡都有黑色人影。

就像先前的幾次，那些影子全都是平面的，像是貼在看不見的玻璃上，沉默地移動著。

因爲實在有些距離，他想靠得更近點看看那些畫面，卻在踏出一步後發現腳前是很深的裂口，無法窺見黑暗的底部，裂開的洞口之大也不是隨隨便便就可以跳過去的。

但是，他覺得他應該過去，那些畫面中好像有什麼是一定得知道的事情……不知道爲什麼，就是有這樣的感覺。

那些景象，莫名有種熟悉感，不是畫面熟悉，而是他好像原本就知道這個地方、應該要待在這裡的熟悉。

總有一天他會踏過這道裂口，觸碰到那些高台。

接著，他轉過頭，看見了女孩站在他身後，就像之前幾次一樣，她不斷出現，然後爲他們指出路徑。

但是這次她什麼也沒有做，只是在後面，像是朋友閒聊般地說著話語。

她告訴他，那是只有他能做到的事，他必須去阻止那些事情的發生……那是非常不好的事，只會有許多人後悔和悲傷，不會有什麼救贖。

她告訴他，人有很多時候是只能懷念過去來不及的時光，但是卻無法正視眼前的眞實，出手握住還未逝去的。

她告訴他，如果來不及，那個人絕對會後悔。

但是，她卻沒有說她是如何被殺。

「醒了嗎？」

悠悠轉醒時，虞因只感覺到一陣強烈的頭痛和疲乏。

正想像平常一樣翻身起床，突然有人出手按住他，「別亂動，點滴會掉。」他這時才發現自己的手腕上連著點滴瓶。

視線開始清晰，他看見虞佟坐在床邊，另外一張病床上則半坐著已經醒了的葉桓恩正偏著頭看他，一邊是醫生在幫他做檢查。

「看起來應該是退燒了。」虞佟伸出手按了按虞因的額頭，鬆了口氣，「現在是下午，今天清晨我們到醫院時，葉先生送到這間病房後你們暫時在這裡的家屬床睡覺，值班的護士後來發現你發高燒了……你有印象嗎？」

閉上眼睛等了幾秒鐘後，虞因才半坐起身，「沒有，我記得在家屬床睡覺。」抓抓頭，看見外面的天色已經稍暗了，看來自己睡死很久。

抹了把臉，虞因讓護士拿掉點滴，確定沒有其他問題之後就先去廁所梳洗一下，出來時檢查的醫生剛好離開病房。

「現在可以談話了嗎？」看了眼虞因，換了位置的虞佟坐到了葉桓恩的病床旁邊。

摸著脖子上的繃帶，葉桓恩發出了幾個有點乾澀的聲音，然後點點頭，「可能……有點影響……」

「沒關係，你可以點頭、搖頭，或筆談。」打開了手上的文件夾，虞佟抬起頭，示意剛走進來的聿關上門。「首先，我們確定了你的身分，你和我們一樣是刑警，目前受傷休假中。」

葉桓恩點點頭。

「你是私自下來追查該案件嗎？」

「不……並沒有……」發現聲音還是很難發出，葉桓恩乾脆接過紙筆，寫下：「長官介紹，要我下來好好想清楚和復健，但是最主要是找朋友。」

「何仕俊？」

葉桓恩再度點頭。

坐在一邊的虞因接過聿遞來的飲料，一轉頭，差點被嚇個半死。

那團人就趴在他剛剛躺過的病床上，雖然看起來比之前好一點，但是血肉模糊的模樣更鮮明了，半張帶血的臉還恐怖地朝他一笑……他決定轉回頭。

快速地寫了幾行字，葉桓恩交給虞佟，「他是之前查緝的內線，兩個月前槍擊案發生之後，我們的人安排他南下躲避，但是到下車點後失去聯繫。我……是下來找屍體的。」

「你爲什麼肯定他已經死了？」

「我在醫院時，他來找過我，告訴我如果他一離開人就消失，那就代表他被追上了。負責查緝這件案子的上級長官是很好大喜功的人，小隊還沒完全清查組織規模，他就已經擅自呈報並開記者會，並將傷亡過錯推給負責的員警們，獨攬功勞。那時候何仕俊告訴我，他很可能死路一條，但是他會儘可能躲避。」無奈地笑了下，葉桓恩繼續寫著：「我看了你們的雕塑照片，知道那具屍體就是他……你們甚至連他臉上以前的舊疤痕都做出來了，那位雕塑師傅真的很厲害。」

「所以你打了通報電話。」

葉桓恩點頭。

「那麼，何仕俊在離開之前，是不是有跟你的狗玩過？」

露出有點訝異的表情，葉桓恩還是肯定地點了頭，寫下：「小魚乾和雞肉乾都很喜歡他，當初連貓狗的項圈都是他做的……離開之前他的確有和狗玩。」

「好，你先休息吧，晚一點會有其他員警來……你知道程序。」闔上了文件夾，虞佟示意虞因和聿一起離開病房。

踏上走廊後，虞佟關上房門，嚴厲地轉向在一旁等待的兩個小孩。

「我沒事了。」按按後頸，虞因轉動了下脖子，發燒帶來的其他問題好像很快就消退了，一點也沒有造成影響，而且因爲睡得很深，覺得身體有充分休息，現在還滿舒服的。

「上午夏帶著一隊人去搜索康哲昌的家，什麼都沒有發現，就連急救箱也都更換過了，看來他已經有警覺，連公司車也撇得一乾二淨，只說公司是他人負責，他完全不插手任何事務。屋裡的確有個嬰兒，現在還沒有實證，無法證明是宋蕙純的小孩。而他妻子有輕微的精神障礙，所以得不到太多消息。」虞佟很快地說著：「抓到的那幾個人現在正在偵詢中，但是對於問話全部否認，也推說車子是偷竊來使用。目前車子拉回來調查，轄區員警也確保監視我們家的人已經都退走了，所以你和小聿可以回家休息，暫時有幾個人會在附近保護你們，貓跟狗也會有人送過去。」

「可是……」

「阿因。」打斷了對方的話，虞佟非常嚴肅地看著他們，「什麼都別說，現在立刻回家，我已經請了人在下面等你們。」

「好吧。」

□

稍晚，虞因回到家時，員警不但把貓狗送來了，還附帶一隻東風。

「歡迎加入關禁閉小組。」虞因邊摸著小魚乾的頭，邊笑笑地向對方打招呼。他不用問就知道，絕對是他家哪個老子或是黎子泓基於安全考量和集中方便保護，硬是把人給拉來這邊了。

已經被氣到不想說話的東風完全不想理人。

「你可以用客房。」虞因指指樓上，「我的房間也可以，房裡有電腦。」

橫瞪了對方一眼，東風揹著背包，逕自爬上樓，一旁的雞肉乾甩著尾巴，跟著跳上階梯，一下子就消失在樓梯上。

一邊和小魚乾玩，虞因一邊進了客廳，從頭到尾都坐在客廳打電玩的聿看到狗就伸出手，讓小魚乾鑽到他的身邊。

看了窗外似乎也沒什麼異狀，虞因撥了通電話給虞佟，確認東風是黎子泓找來的之後才掛斷通話。

「看來一個阿飄的要求解決了。」在小魚乾旁邊坐下來，虞因摸摸大狗，他幾乎可以肯定何仕俊是要拜託他們去救葉柜恩了，只是他幹嘛不透露一下凶手，難道阿飄界有規定只能擇一嗎？還是之後會再有什麼問題？

聿停下遊戲進度，皺起眉看他。

「呃，當然是沒事最好……等等，你啥時候開始玩的！這場景我沒看過啊！」指著螢幕上的最新遊戲畫面，虞因大叫了起來，「我打了三天啊！」他的兄長威嚴又被攻擊了！

勾起唇角，聿跳出了遊戲畫面，給他看存檔進度，很明顯已經超過虞因很大一段距離，使用的時間還少對方一半。

現在只剩下想掐死對方念頭的虞因恨恨地磨著牙，思考著要偷偷去把對方的檔案給洗掉。就在想得很樂的時候，一旁的小魚乾突然直起身。

「當了。」發出小小的聲音，聿看著螢幕。剛才還執行得很順利的遊戲一瞬間整個花面了，連動也不動。

「奇怪了，黎大哥沒說這個遊戲不穩啊。」看著突然變成很多彩色方塊格的畫面，虞因抓抓臉，「重啓看看？」

「不行。」按了幾次重新開機，聿看著還是沒有變化的畫面。

往前按電源，虞因皺起眉，發現電視也關不掉，依舊停留在無數彩色方塊的畫面。

正想拔掉插頭時，樓梯傳來腳步聲，然後看見東風快步跑下來，「你們上來看看。」

和聿對看了一眼，虞因拍拍大狗，兩人一前一後跟著上去了。

領著人進到虞因房間，東風指著桌上的電腦畫面，那裡就和剛才的電視螢幕一樣，全都變成很多彩色方格，而且相當類似。

於是虞因一秒就確定又是某種三度空間的訊息了。

「你不覺得這些人很眼熟嗎？」環著手，東風平板地開口。

「這些人？」虞因一臉問號地看著對方，「誰啊？」

「四個人。」指著螢幕上的彩色方塊，東風再度問道：「如何？」

「……我可以告訴你我完全看不懂這個是啥。」求救地轉向一旁的聿，聿也朝他聳聳肩表示不明白，虞因只好補上一句：「煩請說明？」他的智商實在沒有強到那種地步。

沉默了下，東風皺起眉看向聿，「難道你是記字的？」

沒理會對方，聿盯著畫面看了半晌，露出一絲訝異的表情。

「提問，哪個人可以說明一下現在的狀況？」看他們兩個好像已經溝通完畢，身爲智商正常人的虞因突然有種被排擠的感覺。

「我看看電腦還能不能使用。」坐到位子上，東風將自己的隨身碟插進主機，試著恢復功能擷取畫面，不過都還沒開始動作，就發現電腦突然恢復正常了，在畫面擷取下後閃爍了幾次，就跳回了作業桌面。打開了繪圖軟體，把所有方塊切割之後重新組合，一幅圖像開始逐漸顯現。

隨著畫面越拼越清楚，虞因愕然發現那是從高往下看的監視器拍攝畫面，背景是在某個房間裡，看起來很像嬰兒房，四周都是溫暖色系的布置，嬰兒躺在搖籃上，旁邊站著低著頭的女性，地面上躺著一個穿著套裝的女性，頭顱邊擴散開一圈紅色的血印，最後，一個男人就蹲在套裝女性身邊。

看著小方塊，虞因突然開始毛骨悚然。「宋蕙純，康哲昌他們家裡有監視器。」他和東風當時就在那個家裡，他們的一舉一動也全都被拍下來，說不定那時候在廁所時也全都被監視著，所以對方才決定下來找他們。

「男的是康哲昌，身形一致。」將畫面組合好之後，東風盡量調整到最清晰的程度，接著發了一份給黎子泓，「希望來得及扣押他家的監視器……鬼就不能給整段影片嗎？」

「……我沒當過鬼我也不知道。」虞因沒想到對方會很正經地問這個問題，差點被自己的口水嗆到，「通常是幻覺比較多。」

「幻覺不是證據，要有實際上的證據才能抓人。」敲著鍵盤，東風嘖了聲：「辦案是講求實證的，她總不能把檢調和法官也全都幻覺了吧。」

他的話一說完，虞因房間的門突然砰地聲撞在牆壁上，接著是其他房間的門乒乒乓乓地都被撞開，一路直下樓梯，最後傳來了大門被撞開的巨大聲響，整個不自然的聲音迴盪在沉默的空氣之中。

虞因看了看聿和東風，無奈地笑了下。

「要去嗎？」

□

「婦產科那邊確定去門診的是宋蕙純。」

快步走進臨時辦公室裡，虞夏將得到的報告放在桌上，「護士記得很清楚，陪她去的自稱是她的表妹，林梓蕾……你在找什麼？」看著正在翻成堆文件的黎子泓，他問道。

「我整理完被弄亂的資料之後發現有少。」停下手邊的工作，黎子泓按著隱隱發痛的額頭，「有些檔案不見了。」

「很重要嗎？」知道事情的嚴重性，虞夏也跟著皺起眉。

「不……有安全考量的我會鎖在櫃子裡，被拿走的是一些小案子或參考文件，大致上是一些喝酒鬧事的糾紛，最重要的是宋蕙純的備份報告不見了。」他在休息前正在看。花了大半天才把亂七八糟的檔案都整理好，就發現那個案子的報告也在被竊的清單裡，黎子泓有種很無力的感覺。「婦產科那邊確定是林梓蕾沒錯？」

「嗯，所以她不是近期才受僱，最少已經在那邊工作近一年，護士指認從一開始她就陪著宋蕙純去產檢，而宋蕙純一直都是使用康哲昌老婆的身分。另外，我們和附近鄰居調到了監視器記錄，發現半個月前有監視器拍到宋蕙純出入康哲昌家的畫面，所以他們一定認識。」虞夏把桌上的報告遞給對方，「最有趣的是，我們在何仕俊和葉桓恩案子上抓到的那些人，也都被拍到曾在康哲昌家中出入。」

「併案處理，馬上去將相關的人帶回來。」

點點頭，虞夏邊按手機邊走出去，正要離開時想了想，探頭回辦公室，「你小心點。」

他們都不知道蘇彰究竟要幹什麼，既然他會來第一次，也不能排除不會再出現第二次。

「嗯。」

等虞夏離開之後，他嘆了口氣，看著已經整理好的成堆文件，只覺得又是一陣頭痛。

「你再瞪也不會從裡面長出來啦。」一打開門進來，嚴司就看到已經快被瞪到著火的文件堆，突然覺得當文件也眞不容易，每天都要接受視線攻擊。「懲處下來了嗎？」

「還沒。」也在等待的黎子泓嘆了口氣，接過對方帶來的冷飲，一低頭，發現飲料竟然是深褐色的，「這什麼？」

「青草茶，幫你清肝退火。」

「……」

「你知道嗎，那家店竟然還有賣金線蓮茶，台灣的飲料店眞的很神奇哪，什麼鬼東西都找得到，搞不好哪天還買得到珍珠金線蓮茶。」在狹小的辦公室晃了圈，嚴司嘖了聲，「希望罰重一點，最好是多給點假期。」不然他們這票人都已經快要過勞死了，沒個名目遠離工作遲早手牽手一起見閻王。

「並不會罰那麼重。」斜了友人一眼，黎子泓摸摸後頭，繼續思考爲什麼蘇彰要特意拿走那些資料，在他的記錄上，那些小案件都不相干，也沒有任何關係，是不同時間、地點和狀況下發生的普通衝突而已，「你有其他事嗎？」

「喔，來看看你還有沒有活著，你的車不是還沒回來嗎？」轉著手上的車鑰匙，嚴司笑了兩聲，「去我家住比較保險？」起碼現在有超多保全。

「不用了，我要去一趟警局，剛剛讓虞夏去把與康哲昌相關的人都帶回來。」稍作收拾，黎子泓一拿起手機，才注意到有信件發來，點開一看，他皺起眉，立即反撥對方的電話，但卻進入了語音信箱。

「什麼東西？」討過手機，嚴司也看見傳來的圖片畫面，「哇靠，他是哪裡弄到的。」如果是真的，那幾乎可以確定康哲昌他們是殺害宋蕙純的凶手了。

「小孩是宋蕙純的，她可能是後悔去討，反而被殺。」快速地套上外套，黎子泓迅速離開辦公室，「可能有某些原因，她無法進去，應該是康哲昌他們拒絕她再回去，所以她才穿了套裝，偽裝成員工敲開大門。」

「然後被棄屍了，不過康哲昌幹嘛要補她兩刀。」

「未必是他，可能是棄屍的人，東風有說過何仕俊的狀況不止一個凶手，或許是那一個負責棄屍的認爲被找到直接推給別的凶手就可以了。」坐進了嚴司的車內，黎子泓將畫面轉發給虞夏，「他或許認爲是雙重保險，除了那個地方不容易被發現讓他能夠安心以外，還可以做點手腳讓別人不會懷疑他們。」這或許就可以解釋當時在現場攻擊他的人，說不定就是刻意到那邊注意屍體被發現的狀況，也不知道他們是觸碰了哪個開關，才會造成對方突然出手襲擊。

「負責埋屍、棄屍的應該是同一個吧。」嚴司發動了車輛，轉出了車道，「通常粗重的工作是丟給小兵沒錯。」瞥了旁邊一眼，看見友人接起電話，他就閉嘴開自己的車了。

過了一會兒，黎子泓才掛掉電話，「我們直接去康哲昌那邊吧。」

「那現在開始跳錶收費了。」嚴司作勢在音響上比劃了下，得到一記白眼。

算了下時間，黎子泓放低了椅子，閉上眼睛。

□

「這邊停車。」

將鈔票遞給司機後，東風最後一個下計程車。

「等等我再和你算。」盯著街道，虞因估算著從這裡走到康哲昌住家的時間。他們是在兩條街外的距離下車的，把貓和狗寄放在鄰居家之後，一行三人就叫了計程車直奔此處。

「不用了。」懶得去算那種東西，東風隨口說道。

「那好吧，我請你吃宵夜和早餐。」

「……一百四。」

正想數落對方寧願拿錢也不吃飯是不對的行為，一旁的聿伸手打斷無意義的對話，並指向了街道。

像是知道他們的到來，原本光亮的街燈突然依序熄滅，不管是公共的路燈或是私人房屋的門燈，一盞一盞地消失，黑暗開始向前蔓延。

深呼吸了下，虞因領在前頭，踏進了黑色的區域。

四周非常安靜，像是完全沒有住戶發現不對勁似地，沒有傳出絲毫吵鬧說話聲，天空中既沒有星星也沒有月亮，地面也沒有影子，幾乎是整片純黑的顏色，只有眼前不斷消失的光指引著方向。

他可以感覺走在身旁的聿抓住他的背包，一點微弱的光線打出來，虞因偏過頭，正好看見聿打亮了手電筒，但是即使點亮了光，卻還是無法照出一絲倒影。

他突然不知道應不應該帶著聿一起捲進去，這並不是人應該去的地方。

「猶豫什麼，都來了就快解決。」斜了虞因一眼，東風很直接地就追著燈光陸續熄滅的路而去，完全不搭理落下的另外兩人。

轉向虞因，聿點點頭，「走吧。」

有那瞬間，虞因突然覺得很輕鬆，不用獨自去面對這些別人看不見的事情，不知道爲什麼比自己想像的還要輕鬆。

他們筆直地走到了康哲昌的住家。

最後一盞路燈熄滅時，康哲昌的家也陷入一片黑暗，原本緊扣著的大門被打開，監視器全都停止作用。

豎起手指示意另外兩人安靜，東風接過聿的手電筒直接入侵安靜無聲的主建築物內。

「沒人在。」燈光照過之前曾進去一次的客廳，沒有任何異狀。

黑暗中，他們聽見了細小的音樂聲。

虞因幾人對看了一眼，摸上了二樓，同樣完全沒人，幾間臥室裡很明顯有打包過的痕跡，櫃子有被打開翻過的痕跡，最後找到了音樂傳來的小房間。是嬰兒室，和他們在畫面上看到的不太一樣，似乎整修過，掛在嬰兒床旁的小玩具慢慢被空氣拉出了線，溢出了音樂。

「可能是警方前來搜索讓他們意識到不能久待，所以跑了。」翻了翻嬰兒床，東風也沒看到什麼，「看來走得很急，只拿了一些貴重物。」

抬起頭，虞因看見黑暗中那張血色的女性面孔對著他，沉默無言地指向了嬰兒床，「下面好像有東西。」

彎下身，手電筒照亮的是一個卜在床底內側的蜜粉盒。

「我們該離開了。」照出了上面沾了點暗色的斑紋之後，東風站起身，「不能被發現我們來過這裡，否則很可能證物會無效。」

「確定是她本人的嗎？」虞因連忙問道。

「那是開架式的用品，底部還有店家條碼，剛剛經過主臥室時，我看化妝台上都是高價保養品，你說呢？」

「……閃人吧。」

雖然是這樣說，不過等他們一起下了樓之後，整棟樓的門和窗幾乎在同時被摔上，乒乒乓乓地震動了一室黑暗。

虞因看見女人就站在門前，阻擋了他們的路。

「什麼意思？」偏過頭，東風皺起眉，對於無法看見的事物他還是感覺到略微不快，他們一直都處於被動，得等到對方提示才能向前。

「接下來警方會接手這裡的事，他們很快就會查出妳是在這邊被殺的。」也不知道對方攔他們幹什麼，虞因只好說道：「很多人會幫妳。」

女人依舊沒有讓開的意思，染血的面孔越見猙獰。

然後，她指向了一旁的櫃子。

跟著看過去，虞因只看見一串鑰匙，而且怎樣看都很像車鑰匙。「呃……這邊應該沒有人會開車。」難道是車上還有什麼證據嗎？

「她還要我們去哪裡？」同樣也看見鑰匙，東風和聿幾乎同時轉向唯一看得到的虞因。

「這個……啊，該不會是要找小孩吧！」一擊掌，虞因才想起來，從頭到尾宋蕙純要找的都不是凶手，這次不管是哪一個阿飄，重點都不是在凶手。難道最近阿飄流行不找凶手復仇了嗎？

像是回應他的猜測，那串車鑰匙突然被掃落在地，不偏不倚地掉在他們腳前。

「目的地會很遠嗎？」彎身撿起那串鑰匙，東風把視線放在空無一人的門前。

「你會開車？」虞因很訝異。

「理論上可能會。」看了眼旁邊的聿，東風想了下才補充：「跟他是一樣的方式。」

「小聿你會開車？」一秒轉向另一邊，虞因有種今晚大家來爆料的感覺。

微微皺起眉，聿沒有點頭但是也沒有搖頭。

似乎對於他們的合作感到滿意，大門重新被打開，停放車輛的車庫亮了起來。

「回家再和你算帳。」因爲時間緊迫，打算回去再慢慢追究這些問題的虞因只白了對方一眼，然後就往車庫方向移動。

康哲昌的有錢程度有點超過他們的預估，車庫顯然能停進不少車輛，其中有幾個空格，大概是被屋主開走了，只剩下兩部車。即使如此，虞因一看到車款，就覺得腦袋一暈……不管選哪輛都是撞了要賠很多的那種。他突然有點後悔，剛剛應該叫計程車在附近等的。

「看來她已經幫我們決定好目的地了。」合了鑰匙，東風打開了其中一部的車門，還沒啓動，車上的導航卻已亮了，連終點都已經定位好，完全無法更改。

用力地深呼吸幾次，虞因才打開副駕駛座。

「如果我是你，我會坐後面。」鎮定地坐上駕駛座，東風辨識著各種儀器。

「什麼？」虞因愣了下。

「存活率較高。」發動了車輛，東風呼了口氣，開始覺得有點緊張。

有那麼一秒感覺到生命安全極度受到威脅的虞因立刻改到後座，早他一步坐進來的聿已經繫好安全帶，帶著一副聽大由命的表情縮在位子上。

就在虞因繫好安全帶的同時，很高級的轎車猛地一個震動，整台車砰地一聲向後撞上車庫牆面，傳來不安全的震動。

瞬間好像聽到很多錢碎掉的聲音，虞因連忙護在聿前面，「你不是會開嗎——！」他覺得坐在駕駛座上的那個人很不肯定啊！

「所以說，叫你們坐後面。」

只想幫忙點什麼。

用這種方式消失也不錯。

最後的掙扎就是這份禮物。

□

「屋裡沒人。」

深夜，虞夏站在康哲昌的住處，小隊進入之後卻沒有任何發現。

「他的公司也沒有任何發現，我們已經去找監視器了。」掛掉通訊，小伍小跑步著過來說：「還有，我們查不到林梓蕾這個學生，老大你說的那個學生證是不存在的，學校查了歷屆記錄，完全沒有，連同名同姓都沒有。」

「等等玖深來，讓他先從嬰兒房開始檢查。」吩咐了幾個人去向周邊鄰居詢問後，虞夏看了眼手錶，接著走向一邊大開的車庫。

比一般家庭還要大，先前來的時候他就已經發現了，這個車庫起碼可以停五輛車，這表示康哲昌需要用到車的機率和輛數非常高，他這裡有著需要用到那種車數的人，或者來客。現在車庫裡只剩下最後一部價值數百萬的跑車，車身側有道很大的刮痕，而讓他比較不解的是，車庫好像發生過車禍似地，旁邊有些擺放零件的架子被撞得亂七八糟，但看樣子是順利離開了，那道歪來歪去的移動痕跡一路衝出大門。

蹲下身，虞夏檢視著地上幾塊不起眼的小污漬，越看越覺得不對勁。「這好像是血。」他們上午來的時候主力都放在屋子裡，記得當時車庫的確停著三、四輛車，所以沒有特別注意到車下的部分。

「老大，你看看這個。」

跟著叫喊聲鑽入車，虞夏看著隊員指給他看的導航，「剛剛開門前好像就設定好了……奇怪，我們沒動車子啊……」

「通知轄區去這個地方檢查一下。」記下了地址，虞夏稍微翻看車內，確認沒有其他怪異之處，就是只有導航不知道爲什麼開著。正想到處看看時，手機就響了。一看，是醫院那邊打來的，「小伍，我先離開，等等黎檢會過來。」

「怎麼了嗎？」小伍愣了半秒，很少聽到虞夏在現場會說要先走，這讓他有點意外。

「葉桓恩不見了。」嘖了聲，虞夏覺得有點煩，「我哥說他去拿個文件，回頭人就跑了，問了護士說是有認識的人來，要出去陽台稍微透口氣，結果就不見了。」讓他覺得最麻煩的是，那個護士所描述的客人，他怎麼聽都覺得很像王克桎，接著他就想起來，在家休養的葉桓恩不該立刻就看到他們還沒發布出去的照片，他打匿名電話來通報時，那張照片都還沒出現在媒體上，才剛剛要分派而已。

因爲後來發生了鬼趴窗的事情，把他的注意力轉移了，他現在才猛地想起王克桎那時候拿了檔案出警局，和他見面的那個人，身形與葉桓恩很像。

當時葉桓恩出現在槍擊現場也太過巧合，而且該事件還剛好是因爲有人洩露風聲才造成的。

他不知道康哲昌的人在找什麼，不過從他們對付何仕俊和葉桓恩的手法來看，那東西肯定很重要，而且已經到了最好要將相關人士滅口的地步。

這批人一定有什麼關聯。

當時攻擊黎子泓的人絕對是擔心何仕俊的屍體被發現端倪，然後被警方從屍體上找到什麼他們要的東西。

到目前爲止，相關事件的打手已經出現不下六人，連林梓蕾也可以算進去，這樣連接起來，北部的槍擊案案情規模比他們想的還要大，而且對方也急於遮掩……恐怕當初那邊的長官急於立功表現，而打斷搜索的這些事情也不單純了。

那麼現在的問題是，王克桎和葉桓恩是自己人，還是白吃黑？

「老大你知道要去哪裡找人嗎？」小伍很疑惑地問道。

「他們是叫計程車離開的。」掛電話之前虞夏已經問清楚了，帶走葉桓恩的人是搭計程車至醫院也搭了計程車離開，所以排班的司機也提供了車號和方向，對方是登記車隊的也有無線電，並不難追，只是有點距離。

就是得知了地點，虞夏才決定現在立刻追上去。

那個地點和導航終點一模一樣。

□

「我們居然活著到了。」

車子停下之後，虞因的第一個感想就是這樣。

追隨著逐漸熄滅的光亮，他們一路上不知道還撞過啥東西，但在這條黑路上完全沒遇到臨檢或其他住家，整條路都是黑的，寂靜無聲，也毫無人影。

唯一的倚靠就是眼前不斷消失的光和被鎖定的導航，還有沒被嚇死的心臟和聿戰戰兢兢地縮在後座，車子終於停下行進後，虞因突然感覺到眞的應該好好珍惜人生，不然怎樣結束的都不知道。

幸好東風似乎也很擔心速度快會很慘，所以一路上時速都沒超過五十，撞到東西也都還算撞得很輕，這點讓他比較安慰。

看了一下黑暗的四周，東風呼了口氣，熄火後把頭靠在方向盤上，「你們先下去看看那個鬼到底要幹嘛吧。」

「再等五秒……我覺得有點腿軟。」鬆開了安全帶，虞因驚魂未定地拍拍胸口，過了一會兒才和聿離開了可怕的車，接著才發現東風好像完全沒有下車的打算。「你不下來嗎？」

「……你要奢望我和你們走這種路嗎？」冷冷的聲音從方向盤上面傳來。

環顧了四周，虞因也覺得對方說得有道理。

他們停下的地方是山邊某個坡道，位置超級偏僻，看起來好像會有成千上萬打的阿飄。

虞因以前夜遊也沒來過這，的確不太好走，對動不動就路倒的東風來說應該會更吃力吧。

「好吧，那你把門窗鎖好，自己一個人小心一點，有陌生人敲千萬別……」

「你是羊媽媽嗎？快滾。」一秒甩上門關上窗，東風直接隔絕對方的好意。

直接吃了釘子的虞因只好向聿聳聳肩，轉過頭，就看見染血的女性站在坡道另一邊等著他們。

黑暗中，她的面孔看起來更加冰冷，毫無表情，黑紅色的血沿著下巴滴下，落入了無盡的黑色空氣中。

對於不曉得會遇上什麼危險的未知目的地，虞因讓聿走在自己後面，特別地警覺小心，連手電筒的光都不敢打出去，只朝下照著必要的移動範圍，腳步也放得很輕，盡量避免踩出聲。

大致上走了一段距離後，他就聽見細微的聲響。

按著聿一起找個地方躲起來，關掉光適應了黑暗後，虞因才逐漸辨認出另一端的黑暗中站著兩、三個人，位置看起來似乎是另一段坡道的入口，女性帶著他們從相對的位置繞過來，正好不驚動那些人得以先藏身和保護自己。

接著他注意到了，那幾個人就是康哲昌等人，雖然看不見面孔，但聲音可以分得出來。

隨著風一起送來的是嬰兒細小的哭聲以及女人的安撫聲，接著是康哲昌叫罵的聲音，大致上就是抱怨爲了這個小孩被警察盯上，現在好了，大家等著一起死等等的內容。

被爭吵驚動後，嬰兒越哭越大聲了。

很快地，他們起了爭執，遠遠地，虞因看見康哲昌搶過嬰兒，用力扔進附近的樹叢裡，原本抱著小孩的女人發出大叫，但被一旁的林梓蕾攔住，大學生模樣的女孩爆出罵語，不讓女人去撈孩子。

一陣耳鳴猛地傳來，虞因暈了下，有瞬間眼前整個發黑，同時感覺到某種猛然生起的極度憤怒情緒，直指另外那端的人們。

抓住他的肩膀，一旁的聿連忙壓低身體，避免細微聲響引起注意。

「你們在這裡做什麼？」

就在他們屏息想仔細聽清楚那端在爭執什麼時，某個聲音突然插進來，把虞因和聿嚇了一大跳。回過頭，虞因立刻認出對方，那是之前在警局樓下看見的陌生歐吉桑，於是他才稍微鬆了口氣，「沒……」他的聲音在看見對方袖子上有血之後停住。

看了他一眼，王克桎面無表情地走出樹叢，筆直朝康哲昌等人的方向走去。

大氣也不敢喘一下，虞因抓著聿，慢慢移動位置，就怕對方突然轉回來。

黑暗中，不知道爲什麼，他覺得王克桎走動的背影非常眼熟，那種移動方式和幾乎融入黑暗中的影子……

「那個人。」聿瞇起眼睛，輕聲地說。

幾乎是在同時，虞因猛地想起來為什麼會覺得眼熟了，昨天葉桓恩被抓走時，他們在工廠外面看見的黑影幾乎就和王克桎一模一樣……當時他也在那裡！

為什麼？

難道是同夥？

王克桎並沒有特別隱藏自己的行動，很快地，康哲昌就發現來人，於是攆開了想要抱回嬰兒的女人和林梓蕾。

朝聿比了一個安靜的手勢之後，虞因趁王克桎引開對方注意力，在黑暗中躡手躡腳地摸向了嬰兒掉落的地方。

幸好康哲昌是把嬰兒丟在樹叢裡，所以沒有受到太嚴重的撞擊，只是很有精神地大哭。

評估了下沒有立即危險後，他硬著頭皮放輕手腳、小心翼翼地把嬰兒勾到一邊，然後抱起來，怕聲音位移被發現也不敢馬上離開，只能先無聲地安撫小孩，盡量讓嬰兒不再發出聲音。

因為現在距離近了不少，他可以很清楚地聽見王克桎兩人的對話。

「陰魂不散啊王警官，在北部動了太歲爺的土，現在還想越界連我們都抄嗎？」冷笑了聲，完全不在意嬰兒的康哲昌稍微走了兩步，乾枯的樹葉在他腳下被踩得沙沙作響，「當心點，何仕俊還在等你們一起下去作伴啊。」

「……你們在這裡等也沒用了，接應人剛剛已經沒了。」抬起手，王克桎用手電筒照了下袖子上的血漬，「你們不該處理何仕俊。」

「他只要乖乖把東西交出來就不會死。」康哲昌的聲音依舊沒有任何溫度。

「你在說笑嗎？你以爲我不知道有驗屍報告這種東西嗎？」回以冷冷的一笑，王克桎晃了下手上的光，一一掃過在場的幾個人，「你們從一開始就不讓他活，交不交都一樣。」

「那垃圾的骨頭比我想像的還要硬，你知道最好就幫他交出來，不然別怪我們繼續動你的人。」

「你認爲爲什麼我會自己來。」

嬰兒的哭聲停止了。

虞因低下頭，看見一雙圓亮的眼睛盯著他，即使在黑暗中，還是可以感覺到那是充滿善意無害的眼睛。

他輕輕地拍了拍嬰兒小小的胸腹，像豆子般大的手指抓住他，沾滿鼻涕淚水的小臉綻開了笑，幼小的身體本能地靠向成人的溫暖。

然後槍聲劃破寧靜。

□

王克桎倒在地上。

虞因看見林梓蕾那邊走出了第四個人，持著槍，後面的車燈大亮。

「不想死最好就不要自己來。」踩住了王克桎的手，康哲昌拿走對方來不及使用的槍枝，在手上把玩了一會兒，接著往後交給林梓蕾，讓女孩持槍一起指著對方的腦袋。「聽說你快退休了，有必要幫你那些人報仇嗎？好好去養老不就好了，吃飽撐著幹嘛。你自己要玩，何必拖其他人下水，你有老婆小孩不是嗎？不要一個弄不好，就出了什麼意外……嘖嘖，年老時孤苦無依是很可憐的喔，萬一還不幸斷手斷腳，就更悲慘了。」

搗著肩膀，王克桎臉上表情幾乎整個扭曲，紅色的血液從他的指縫中竄出。

「抱歉啊，我們的規矩是該死就死。」讓身邊的男女將槍口指向了王克桎的腦袋，康哲昌笑了笑，有點遺憾地拍拍對方的臉，「雖然剛剛是那樣講，不過你還是先下去幫你老婆小孩開路比較好吧。你們這些人不管男的女的都一樣，天堂有路不走，地獄無門硬是要闖；那個白目的女人拿錢快滾就好，誰教她反起反落不死心，剛好你們下去還可以認識一下，當鄰居也不錯。」

抱緊了嬰兒，虞因把臉別開，不想去看接下來的事情。

但是槍聲並沒有如他想的一樣響起，而是某種更小的聲音從另一個方向發出，直接擊中了槍枝，打偏了林梓蕾要扣下扳機的手，接著再兩聲，原本刺眼的車燈伴隨著某種破裂聲響同時熄滅。

被聲音驚嚇到，反射性回過頭要看發生什麼事的虞因在亮光熄滅之前，看見了一張白色的臉出現在那個持槍的第四個男人身後，接著四周瞬間陷入黑暗。

眼睛還來不及重新適應，他馬上感覺到有人摸到他旁邊，把他給嚇一大跳，不過他馬上就發現是聿，把嬰兒塞到對方手上後，虞因趁著混亂拉著聿跑開一段距離重新躲起來。

一股濃濃的血腥味傳來，伴隨著女人的尖叫聲和康哲昌憤怒的咆哮。

然後，是踩在枯枝上的腳步聲，逐漸接近他們。

虞因立刻張開手護在聿和嬰兒身上。

他幾乎可以感覺到有人已經站在他們前面，但是黑色比剛才還要濃稠，即使對方近得可以感覺到呼吸聲，他也無法辨識是誰。

冰涼的尖銳感劃過他的臉頰，帶來細微的刺痛，聲音輕輕地從他旁邊傳來，「你應該感謝你的年齡，不然這次我就殺掉你。」

接著，對方離開了，踏著枯葉的聲響逐漸遠去，直到再也什麼都聽不見。

所有事情似乎都在同時間發生，不知何處的燈光再度亮起時，畫面已經全都變了。

王克桎躺在地上，持槍的第四人也倒下，脖子不知道被什麼給劃開巨大的裂口，冒出了非常多血液，傳來了濃重的氣味。

康哲昌也倒地了，很明顯地左右膝蓋各中一槍，直接被剝奪了行動力。

稍遠一點，本來抱著嬰兒的女人也橫躺在地，腹側散開了血色。

唯一消失的是林梓蕾，再也沒看見她的蹤影。

確認了應該不會再冒出康哲昌的人後，虞因甩亮了手電筒，看見宋蕙純站在一地人的旁側，他才小心翼翼地走過去。

抱著嬰兒的聿直接越過還在地上爬動的康哲昌，然後將嬰兒放置一邊，先按住了王克桎出血的部位。

反方向將康哲昌用外套給綑起，虞因才去檢視另外兩人，拿槍的很明顯已經死了，整張臉完全青紫血染，動也不動地躺在血泊中。另外一名女人是腹部整個染紅，看起來似乎是從腰後中了一槍，完全失去意識。

虞因轉過身將男性屍體翻側，看見了他的脖子後被劃了兩刀，非常熟悉的刀痕，深深地扎進了皮肉當中，似乎是給予冒名者的處罰。

「你以爲我會自己來送死嗎？」讓韋扶起身，王克栓呸了口血痰，笑著看躺在地面的康哲昌。「何仕俊他這輩子唯一的朋友，是我們警局中射擊成績最高的，他最強的就是摸黑也能準確擊中指定目標，還眞多謝你們聯絡人的槍。」

發出低吼聲，康哲昌憤怒地瞪著所有人。

「咦？所以葉大哥也在這邊？」環顧著黑暗的周圍，虞因卻看不到另一個人。

「在那邊樹上。」指了個方向，王克栓咳嗽了好幾聲，才緩過來：「我好不容易把他弄上去，他自己一個人大概下不來，小弟麻煩你去幫忙吧。」

想起葉桓恩受傷不輕，虞因只好默默地摸出去找人。大概走了一會兒，他就看見有燈光在樹上晃動，立刻找到掛在上頭的葉桓恩。

最後，警方來了。

「同一組槍。」

□

將有刻痕的槍交給鑑識員警，虞夏讓人手盡量在附近搜索林梓蕾的下落，以及是否還有其他遺落的物證。

大致上處理完手上的事之後，他才轉身走回停車處，凶惡地看著一車的人。

扣掉被送醫的王克桎和葉桓恩，車裡還塞滿了另外三個外加嬰兒一隻，旁邊還停著一台被撞得亂七八糟的房車，那輛車怎麼看都像是從康哲昌家中開出來的。最奇怪的就是一路過來完全沒看到路邊有擦撞痕跡，也沒任何路人舉報或是監視器拍到有車亂撞，甚至他剛剛詢問了沿途巡邏或設置臨檢的員警，也都說沒看過這部車……他光看都覺得腦門爆痛，不知道要怎樣合理地寫完這次報告。

「誰先的？」按著額頭，虞夏問道。

「呃……葉大哥和另外那位大叔是自己來的，跟我們無關。」輕輕拍著手上睡得很沉的嬰兒，虞因縮著肩膀回答。

雖然很想掄起拳頭揍人，但是基於有個嬰兒卡在中間，虞夏只好先暫停一次，盡可能用最心平氣和的方式問話：「死的那個是蘇彰殺的嗎？」

「應該是。」雖然黑暗中沒看到臉，不過虞因認得聲音，「我沒有親眼看到，那時候太黑了，但我想是他沒錯。」

抹了把臉，虞夏交代其他人先不要聲張出去，然後坐進駕駛座，順便看了眼縮在副駕駛座上睡覺的東風，「我先送你們回局裡。」

「小孩怎麼辦？」比較擔心這個嬰兒的虞因問道。

「已經通知宋蕙純的姊姊和社工過來，他們會妥善處理。」將車子開上馬路，虞夏打開了車內空調，從後照鏡中看到後面兩張累慘的面孔。「阿因，你的事應該已經解決了吧？」

「應該是。」他在將嬰兒抱起來那時看見了宋蕙純微笑的臉，然後就不見了，他也不知道這樣算不算完成對方的請託。

「那就好，現在開始你不要再管這件案子的後續。」稍微鬆了口氣，起碼可以確定他家小孩應該不會接觸到更危險的案件核心，虞夏這才放心下來。「等等帶他們去洗個澡，吃個東西，好好睡一覺，睡醒我帶你們回家，別再到處亂跑了。」

「好……啊，那可以去看一下葉大哥嗎？」惦記著另外一個阿飄的事情，虞因想想，還是覺得好像還有哪部分沒完成，似乎得再去一趟比較好。

「你少得寸進尺。」

「啊哈哈……」

接下來是一段沉默的路程。

從後照鏡看，虞夏看到不管旁邊還是後面的幾個都已經睡得很熟，他想了想，乾脆刻意放慢車速，順便繞去還開著的店家買一點吃的。

帶著熱食返回時，虞夏在距離車子還有點遠就聽見嬰兒很開心嘻笑的聲音，遠遠他就看見他家兒子站在車外，抱著嬰兒在逗弄。正想過去罵人，不知爲何，他隱約生起一種強烈不對勁的感覺。站在那邊的那個人，不管是站姿還是表現出的樣子都和平常看慣的不一樣。

看了眼車內，不管是聿還是東風都還在沉睡，看來虞因離開車子時有細心地特別注意聲響。

向前走了幾步，虞夏將提袋放在車頂上，然後打破了沉默：「清晨有點冷，小孩子在車裡比較不會著涼。」

逗弄著發出笑聲的嬰兒，連頭也沒回，只是一直看著小孩的人緩緩開口：「他會受到很好的照顧嗎？」

道。

「會有人安排和輔導，妳可以不用擔心。」環起手，虞夏靠在車邊，看著無人的黑色街

「你們會想再收養一個嗎？」

「我家小孩太多了，沒精神再去照顧新的。而且，程序上也未必可以，妳的小孩需要的是更好的家庭環境，會有適合的人妥善照顧他，他會順利長大。」

勾起微笑，抱著小孩的人微微側過頭，「我和他認識兩年多了。一開始，我就已經知道他有老婆……我不在意。他說他老婆身體有先天性的問題所以無法生小孩，但是迫切地想要小孩，也因爲這樣精神狀況一直不好、需要控制，弄得他很煩，即使如此他還是無法割捨妻子，於是他希望我幫他生一個小孩，然後給我一大筆錢，幫我解決家裡所有問題，大家好聚好散。」

「所以他對妳非常照顧，甚至讓人去妳家照顧妳，還讓妳進他家。」

「是的，但是後來我後悔了，我想留下爸媽給我的血緣，我已經失去兩個很重要的人，我希望可以保留他們讓我延續的新生命，所以我後悔了，我不想把小孩交給他。」珍惜地拉好嬰兒的衣物，她淡淡說道：「他們不讓我見小孩，連門都不讓我踏進一步，他老婆有病，根本無法養小孩，幸運的是他老婆根本認不得我，這十個月以來她連我長什麼樣子都不知

道，我不時會住在她家客房，但是她一次也沒來看過我，她只想要小孩，拒絕知道生小孩的人長什麼樣子。所以我趁他不在時，佯裝成服務人員進入屋內。」

「結果被殺了。」

「嗯，原來他只想要小孩，我太煩、也知道太多事，我在他家期間看了太多不該看的，他乾脆把我殺了，而且還讓我的小孩親眼目睹所有經過，眞是可惡的人啊。但是一開始想要用小孩換錢的我，有這種下場似乎也是一種報應。」輕輕地吻了吻嬰兒的臉頰，看著紅通通的臉打了個小小的哈欠，抱著小孩的人再度替嬰兒整理衣服，然後將小孩放入虞夏的懷中，「我要走了，確定他沒事，再讓我抱一抱我就可以放心走了。」

「妳不想報復嗎？」小心翼翼地將嬰兒包進自己的外套裡，虞夏皺起眉，「殺害妳的人的下場，妳不在意嗎？」

「虞警官，你們還動不了他，另外一個人也知道這件事情。」微笑了下，她說道：「所以，我們只想要你們幫忙我們最重要的人，請用你能做到的最大力量保護他們、所有人。」

「包括我兒子嗎？」

「我們會找上他不是巧合，是他已經同意，所以我們才能夠找上他。」

「但是你們知道，牽扯只會害他越來越危險，我不希望應該由我們處理的事情壓到他身上，他只是學生。」

「這不是你們能處理的事情，你必須保護所有人、所有的人。」

沉默了半晌，虞夏筆直地看著對方，「以後會發生什麼事？」

「我不知道，這是很多人希望我轉告你的，很多被幫助過的人，所以我才會在這裡。」頓了頓，她再度開口：「人無法每個人都救，但每個人都會有所選擇。好了，我該走了。」

「妳……」

「雖然暫時動不了這個人，但是你們有機會去幫其他人。」最後，她微笑地說著：「證據很快就會回來。」

「等等……」

似乎沒聽見他的話，對方轉開頭，逕自打開車門鑽回後座，然後像是什麼事都沒發生過般又沉沉睡去。

黑夜再度陷入寧靜。

□

然後，太陽升起。

「我說……你們這邊的人是不是都不太按照程序走？」過了午後，葉桓恩有點無言地看著病房中暴增的人群。休息了大半個上午，他的聲音也差不多可以發出來了，而其他人看起來也有好好休息，精神好了很多。

「不，我們有按程序。」微笑地把手上的水果籃放到一旁，虞佟很友善地說道。

「我第一次看到警察、檢察官、法醫和鑑識同時間一起出現在病房裡，還附帶民眾。」很想再補一句這是哪門子的有按程序，不過葉桓恩還是沒說出口。

「其實是來開下午茶聚會，葉大哥你可以放輕鬆。」上午睡飽之後把東風送回家，虞因讓聿在家裡照顧狗和貓後，就跟著過來了。

「快點把話講一講，我們等等要去外面吃很好料的下午茶了。」載人來的嚴司早早就預訂好楊德丞那邊的位子，心情愉快地說：「我們可是爲了你才特地加班的喔，不然大家今天應該都休假去解放自己，有沒有感動一下。」

「……」葉桓恩完全沒有感動的感覺，只覺得這些人眞的很奇怪，和他原本工作地方的同事完全不同，還我行我素到一種怪異的地步。「好吧，這次我會如實說。」

打開了檔案報告，黎子泓看著眼前的人，「我已經和你的長官聯繫過了，他說你提出辭呈，但是並未被批准，只准你傷假。」

「我問過了我神奇的學長，就是幫你執刀那個不用懷疑，我學長說你好好復健能夠恢復行動能力，看你要跳火圈還是跳鋼管都沒問題，你辭職應該和受傷沒關係吧？」靠私人關係去調閱病歷的嚴司環著手，盯著躺床的傢伙，「來，快說出你的眞實目的，不然我會和我學長好好地溝通一下，看怎樣處理你比較方便。」

一邊被順手帶出來的玖深默默地咬著巧克力棒，突然覺得自己的工作眞的很危險，超危險、無敵危險。然後他自己都不知道爲什麼要跟著過來探病，他今天好像休假，應該要回家躺在床上閉上眼接著直接跳躍到隔天；他只是回實驗室關一下儀器，就被路過的虞夏給拖過來了。

「好吧，我直接說吧。」嘆了口氣，在這種陣仗下，葉桓恩也知道不能像前一天一樣含混過去，只好往後一躺，盡量調整到舒適的位置。「我和何仕俊是好朋友。」

「我們在你家有看見相片。」虞夏想了想，「你們從高中就認識了嗎？」

「比你們能查到的還要早，眞正要講，我們大概幼稚園時就認識了……他是我鄰居。但是我們的關係和你們想的那種朋友關係不太一樣。」頓了頓，葉桓恩露出有點困擾的表情，

「阿俊他父母都有在嗑藥，從第一天搬到我們家隔壁就是這樣了，所以有很長一段時間父母

輪流被抓，他也經常住在我們家，也是因爲這樣所以我們彼此很熟。」

「但是你們也知道，有時候過熟了就會產生依賴現象，那時候我不知道他在搞什麼。總之，我被他當哥們看管得很緊，有陣子不管做什麼事都得一起做，像那張照片也是，被拉著去爬山什麼的，雖然也不是不有趣，不過壓力越來越大，尤其是後來我發現他在偷父母的毒品，我就決定要擺脫這個人。」

「所以你進了警大之後沒跟他聯絡？」玖深有點訝異地問道。

「沒有，完全沒有，我大概也是不想聯絡才會乾脆進警大。大概一、兩年後家人就搬離那裡了，之後陸續聽見消息說他父母用藥過量死了，然後他加入幫派，之後拿了貨在賣，詳細的狀況我也不太清楚，眞正知道是又過了幾年，偶然在一件案子上看到他的檔案，那時狀況眞的已經很糟糕了。所以我在案件處理完畢之後的休假私下去找他，結果被揍得很慘……不是被阿俊揍的，是剛好遇到和他有仇的混混，把我當成他的同夥一起打下去，因爲這件事情也被長官釘很久。」

「後來打聽到他幾個落腳處，想辦法去勸他收手，效果都不怎麼好，本來想放棄算了，沒想到最後一次去的時候，正好他有個女客人毒癮發作急著取藥，那時候阿俊不在家，我在他家門口等，一時沒注意就被對方殺傷；一共被捅了六刀，幸好當時克桎大哥的小隊正在盯附近的案子，被他們及時送醫才保住命。」淡淡地嘆了口氣，葉桓恩看著白色的天花板，有點感慨，「出院之後，就聽到他開始戒毒了，後來找幫他租了房子，幫他介紹一些零工，本來看管他的弟兄也贊助他一小筆錢讓他做點小攤位的生意，可惜他自己遭挫想不開又嚴重酗酒，一直搞砸所有的事情。」

「所以王克桎和何仕俊也有某種程度的相識嗎？」黎子泓皺起眉。

「認識，阿俊和克桎大哥達成一些協議，提供他不少情報開始洗白。」看向一旁的檢察官，葉桓恩說道：「這些事情是兩個月前那件案子發生之後我才知道的，克桎大哥他們在追蹤某個案件，阿俊去當線人協助他們，那陣子我看他又開始在吸毒，還以爲他又要走回頭路了，當時聽到風聲說克桎大哥那件案子被人捅，行動被洩露了，而且阿俊還牽扯在裡面。所以我才趕去想要幫點什麼，沒想到會被槍擊。之後他才來和我講他是線人這件事，後面的事情就跟之前說的一樣，我是專程下來找人收屍的，唯一沒告訴虞警官的是，我也是來報仇的。」

「你要賠上自己的前途？」有點玩味地看著剛剛還說要遠離這種朋友的人，嚴司笑笑地問道：「大哥，聽你這樣講，你朋友完全沒這種讓你賠上一輩子大好前程的價值啊？」

回以一笑，葉桓恩閉了閉眼睛，才答覆：「有些事，沒有什麼理由，只知道應該這樣做的時候到了，無關任何價值，因爲他是我兄弟——即使我一度想擺脫他，到頭來我才發現，他眞的很重要。」

虞因看向一旁，在所有人都沒看見的角落站著一名男性，已經和之前不堪入目的模樣不同，現在看起來就眞的只是很一般的人。有手有腳，連那張臉都完好無損，就這樣微笑地靜靜看著房間裡所有的事情。

接著，像是發現他的視線般，那個人轉過來，點點頭。

最後消散在空氣當中。

所以，你已經死了嗎？

交給你的信仰如今在何方？

取走信仰的人，應該就是我必須找到的人吧。

□

「大致上的事情我們都清楚了。」

收起了手上的筆記本，虞夏稍微知道自己應該去找誰算帳了，他敢打賭王克桎轉來的來龍去脈他家局長大概曉得。「對了，那你手上的東西可以交給我們處理嗎？否則康哲昌的同黨應該不會這麼簡單就放手。」

從幾次襲擊看來，他可以斷定那東西應該十分重要，重要到他們覺得攻擊任何人都無所謂，已經到了有點不惜代價的地步了。

「說到這個，其實我也完全沒頭緒。」接收到很多懷疑的目光，葉桓恩咳了聲，尷尬地笑了下，「這是眞的，我完全不知道他們所謂的『東西』到底是什麼，也很疑惑呢……」

「是名單和帳務表。」

打斷室內談話的聲音響起，在所有人一致看過去時，王克桎讓護士推著輪椅進來，謝了護士之後他關上門，才繼續說道：「何仕俊本來要協助我們破獲一個集團，他離開前傳了簡訊告訴我說他取得的資料在非常安全的地方，唯一能找到的人是他最信任的人。」

「但是你們局裡有內奸，把事情告訴集團，所以布署被發現了，何仕俊也被殺了，你們只破獲小型據點。」一定是相關人員才可以立刻知道線人是何仕俊，進而在他下中部走避時第一時間抓住他。黎子泓嚴肅地開口：「康哲昌等人接到通知，要問出外洩的資料所在，應該也得到一樣的答案，才憤而殺死何仕俊……但是從不猶豫的襲擊行動來看，他們確定葉先生是何仕俊信任的人，你們的內鬼可能非常接近核心人員。」

「對，所以我才會靠關係先請調出來，讓長官去做切割清除。」王克桎按著有點發痛的肩膀傷口，呼了口氣，「名單外洩，一般集團應該會開始撤點，但是從他們急於找到資料的態度來看，裡面應該有短時間無法安排移動的名單和據點，如果不快點找到資料，等他們完全轉移之後，何仕俊就白死了。」

「但是我確實沒有收到任何資料，阿俊並沒有寄任何東西給我，或許是其他人呢？」當然也知道這層顧慮，葉桓恩連忙說著：「以前的女友、或是這幾年來其他的朋友之類的？我記得他的確說過前幾年在道上有幾個不錯的手下。」

「何仕俊說過唯一信任的人只有你。」王克桎沉下臉，「他會協助我們當內線，也是希望可以補償，他覺得身為兄弟，對不起你的地方太多；所以問我們幫忙當內線的話，對你的晉升有沒有幫助，你以為這幾年你們小隊那些高破案率的情報是誰提供的？」

葉桓恩沉默了很久，最後才苦澀地開口：「……我只希望他能過正常的生活。」他從來沒有想要何仕俊提供任何情報增加自己的業績，即使他知道何仕俊在當地黑道小有名氣也一樣。

氣氛一時僵了下來。

「呃……真的完全沒寄過任何東西嗎？信件、明信片？」在這種讓人頭皮發麻的愧疚重壓下，玖深抓抓頭打破沉默，決定轉移話題，「電子信件？」

「都沒有。」葉桓恩還是搖頭。

「啊，說到電子信件，葉大哥我之前有發一封給你，忘記問你有沒有收到。」突然想起這回事，虞因也跟著換話題，「就小魚乾剛到我家那天。」

「我沒有收到你的電子郵件。」葉桓恩有點疑惑地看著唯一的非警方人員，「我開過信箱，但是沒有任何你寄來的郵件……等等，你怎麼會有我的信箱？」

「就項圈裡面那個啊，那不是飼主聯繫方式嗎？」虞因愣了下，他那時候直覺就是聯絡方式，現在才想到萬一是寵物店還是寵物醫院的信箱就好笑了。

「不，項圈上我沒有留任何聯繫方式，只有貓和狗的名字。」葉桓恩搖頭否認。

「這樣不行喔，起碼要帶去植晶片。」玖深很慎重地說：「不然弄丟或是被人抓走就很難找。」

「那麼那個信箱是誰的？」

黎子泓的一句話讓所有人陷入沉思。

「葉大哥好像說過項圈都是何仕俊做的？」虞因突然想起了前一天的交談。

「嗯，他手工還不錯，會做一點小東西，我勸過他去學，說不定可以靠這個生活。」葉桓恩突然啊了聲，「我想起來了，新的項圈是兩個月前左右換的沒錯，後來因爲受傷不方便，所以這兩個月我都是請寵物店或朋友幫我整理小魚乾和雞肉乾。」

和虞夏互看了眼，虞因站起身，先打電話回去給聿翻看項圈。

很快地，聿傳了簡訊回來，狗項圈上的電子信箱以及貓項圈上的一組英文。

玖深拿出手機，試著用那組英文登入信箱，結果眞的打開了，除了虞因的寄件之外，信箱裡還有幾封郵件，打開之後是一些打散文字，完全組合後出現了三處位置。

「北部兩處和中部一處。」記下了地址，黎子泓站起身，「我先離開。」他得盡快去確認這些地方是不是有重要資料。

充當司機的嚴司只好一邊打電話取消下午茶，一邊跟著跑了。

「我去看看中部那個地方有什麼。」活動活動筋骨，虞夏轉過頭，嚴重警告虞因：「你給我乖乖回家去。」

「呃，我馬上就會回家。」其實已和聿約好了晚一點要拚電玩，虞因連忙點頭，「是說，康哲昌那邊會怎樣呢？」

虞夏沉默了。

「會沒事吧。」葉桓恩搖搖頭，「他們那樣子的人，會有自己一套處理方式，所以我猜想應該已經有人自首殺人了。」

「是的，今天上午分別有兩個人自首，各自敘述殺了宋蕙純和何仕俊的埋屍和細節，那兩個人就是你們陸續抓回來那幾個手下當中的。」虞佟打開了筆記說著：「兩人也承認同時攻擊何仕俊，不過是因爲個人恩怨，與其他事情無關。」

「那張監視畫面呢？」虞因有點不知所措地看著其他人，除了他之外，室內所有人好像一點都不意外會有這種結果，「蜜粉盒呢？」

「除了那張畫面圖和鄰居提供的宋蕙純出入影片以外，我們搜不到其他畫面，康哲昌家中所有的監視畫面已經被人全數覆蓋洗光，不知道可以搶救多少回來。」玖深無奈地說：「那張圖也只說明康哲昌一家當時在那裡而已，他家完全粉刷整理過，根本找不到宋蕙純活動過的痕跡。」

「事實上，自首的其中一個人坦言他對宋蕙純有意思，在對方不斷拒絕他之後引發殺意，所以才趁她那天衝進嬰兒房時殺死她，接著他將人棄屍，爲了轉移我們的目標，所以僞裝成蘇彰下的手。」虞佟看著自家小孩，淡淡敘述著：「何仕俊那方也是類似這樣的說法，而且兩人提供了完整的殺人過程和棄屍過程，被採信的機率恐怕很高。」

「黎大哥不會採信吧……」虞因皺起臉。

「所以我們還在繼續搜尋更直接的證據，希望可以盡快對付這批人。」虞夏嘖了聲：「總之就是這樣，後面是我們的事情了，你給我乖乖去學校和打工，沒你的事就不用管。」

「喔……」

虞因摸摸鼻子，點了頭，反正阿飄似乎也沒有再找他了，應該就眞的沒他的事了，之後的後續，就等其他人辦完再問吧。

□

等所有人都離開之後，玖深才驚覺他是最後一個被丟下來的人。

「呃，我也差不多該走了……」是說他到底是來幹嘛的啊！完全不知道自己爲什麼會是最後一個待著的人，玖深一陣尷尬，直接從位子上跳起，迅速收拾零食袋子，「有需要幫你們做什麼嗎？晚餐呢？或是需要買點什麼？」

和王克桎互看了眼，葉桓恩笑笑地開口：「之後再麻煩你帶我熟悉新環境如何？」

「咦？咦咦？」玖深整個愣住。

「事實上，這次調來督察室的應該是我。」按著脖子，葉桓恩稍微調整一下枕頭，「下個月報到，文件大概也快到了，克桎大哥只是運用關係先借位置進來，以便調查阿俊和其他事情，同時讓內鬼安心。」

「我差不多這兩個月要退休了。」王克桎緩緩地長出了口氣，推動輪椅到冰箱邊找飲料喝，「人老了，果然該退了。」

「那那那那那……那爲什麼要找老大麻煩？」覺得自己震驚到的玖深反射性地問道，接著才意識到問得太突兀了。

冷笑了聲，王克桎一點被冒犯的感覺也沒有，「我聽過很多虞夏的事情，包括違反各種規定等等，我要確認他、包括他身邊的人是不是能夠信任。」

「不過他看起來眞的好小，當初我在虞因家看到相片時還沒意識到就是他們。」葉桓恩好笑地直搖頭，「本人比照片更小，怎麼會跟年齡反差這麼大……虞佟看起來還比較成熟點。」結果反而是身爲兒子的虞因看起來比較像成年人。

「我不懂……」玖深疑惑地看著眼前兩人，完全沒有想要說笑的心情，「不管是老大還是黎檢他們都是好人，你們眞的可以相信他們，你們也可以去問其他人，大家都會這樣說。」

「是沒錯，這段時間我的結論也是這樣，再來的事我管不了，但是最起碼給小何最後一個交代。」他必須幫何仕俊確保葉桓恩所在之處的安全，所以離開前先來確認，王克桎打量著同樣也觀察很久的鑑識員警，「剛才的對話，你應該不會講出去吧？」

愣了半秒，玖深一下子沒意識到對方的意思，一開始他直覺是在講剛才討論的案子，但是猛地才發現是在說他們三人現在的對話。「我們沒講什麼不能說的事情吧？」虞夏他們早晚會知道葉桓恩將調任過來，這種事講跟不講都無所謂啊。

「那你就什麼都不要說出去。」

最後他們是以王克桎這句話作結。

再度確認不用幫忙做什麼之後，玖深也帶著一頭霧水離開了病房。

和虞夏他們不同，他並不曾很深入接觸王克桎或葉桓恩，不了解這兩人的任何事情，所以再怎樣思考都覺得這兩個人還是有點怪怪的，只是說不出哪裡奇怪。不過可以確定的是，兩個都是好人，扣除不太信任他們以外，就沒什麼大問題……玖深對於自己認人還是有點信心的。

走出醫院時，他的手機響起，一看是阿柳打來的。

接通之後，遠在工作室的同僚就開口：「你那張紙回來了。」

「咦？」

「之前宋蕙純體內那張紙，不是因為來不及做所以你請別人幫忙嗎？剛剛傳回來了。」

「喔喔對，太忙了差點忘記。」最近時間太擠壓，所以玖深發現紙張有刻意塗改毀壞的痕跡之後，就走後門請託認識的學長先幫他做解析。抹了把臉，他停下腳步，看著白天人來人往的街道，突然覺得這陣子好像很久沒有認真看一下馬路了，「上面有什麼？」

「我看看……」阿柳頓了下，聲音從手機裡再度傳來，「宋小姐的定期產檢時間。」

「宋小姐？」

「對。」

「診所知道她是宋蕙純……他們偽造記錄表把小孩給康哲昌。」連忙掛掉電話，玖深快步走向附近的停車場，邊撥了號碼要給虞夏通知這件事。

電話還沒撥出去，刺耳的煞車聲飛快地逼近他。

整個人被嚇了一大跳，幾乎是本能地往旁邊一閃後，玖深才看清楚差點撞上他的是輛改裝機車，紅色的噴漆車身，摘了照後鏡還裝了一些發光配件，全罩式的安全帽中有雙冰冷的眼睛直視他。

那種目光讓玖深一個冷顫，「喂、你……」

話還沒說完，騎士猛地一催油門，挑釁般地直接從玖深身邊擦過去，瞬間就高速消失在街道的另外一端。

只來得及看到那部車沒車牌，玖深整個莫名其妙目送對方車尾消失。

「搞什麼……」

□

之後幾天，虞因陸陸續續從各方人馬那邊聽到相關訊息。

聽說那家診所的醫師不見了。

得到消息之後，虞夏帶人去抄診所，但是已經晚了一步，當初和他們談的醫師已經消失了，護士也全數換過一批人，資料更是完全沒有留存。

對於先前的事情，目前診所中的人一問三不知，然後拉下鐵門開始歇業。

調查診所負責人，才發現負責人已經失蹤很久，到現在還沒出面。

因爲沒有直接證據，在有人自首認罪的狀況下，檢方只能以現有證據先起訴部分事宜。

黎子泓和虞夏分別從三個地點起出大量資料，所有的資料被機密保護著，正在分頭偵辦中。

嬰兒很快就被安置了。

「康哲昌的老婆有輕微精神障礙，那傢伙唯一的優點大概是對老婆不錯，所以才弄個小孩給她玩。」打了個哈欠，坐在新房子的走廊上，嚴司看著在庭院跑來跑去的大狗和圍牆上的貓，莫名就有種自己好像在養老的感覺。

唉……如果眞的可以那麼悠閒就好了。

「總覺得最近好像越來越有種無力感。」咬著布丁湯匙，虞因瞄了眼趴在一邊走廊上晒太陽兼翻書的聿，「想幫上點什麼忙，但是結果都……這樣真的正確嗎……」

「總是有幾次這樣的啦，越久會遇到越多。」用力地伸伸懶腰，嚴司伸出手，讓貓跳到他旁邊，「被圍毆的同學，不要太貪心了，十全十美的結果不是天天都有，尤其是現在這種社會，你要是想吃這行飯，遲早會變得很習慣的。」

「……並沒有要吃這行飯。」虞因眼神死地回答：「只是有點感慨而已。」

「這世界上每分每秒都有人感慨啊，所以說人生還是活得快樂點比較好。」拍拍對方的肩膀，嚴司站起身，貓立刻跳開，「老話一句，沒有什麼是可以完全做到好的，也不是每個人都可以救得到，你就盡自己努力，對得起天地良心就好……其實在我看來，你們都算很有良心了啦，沒事自己去找事做，眞的遲早有天集體過勞死。」他是眞心誠意這樣覺得，認識的這票人不管是哪位都很有工作暴斃的潛質，連小孩都有啊……太可怕了，工作過勞大概會集體傳染。

「也只好這樣了。」

張開手，虞因摸著小魚乾的腦袋，若有所思地想著。

但是……如果能做到更多、更多……

如果有些事能夠改變或轉圜呢？

手機鈴聲打斷了短暫的沉默。

打開手機，虞因看見的是從李臨玥那邊傳來的郵件，附加了圖片檔，開啓後是張女孩子的照片，乾乾淨淨的，有點靦腆的笑容，年紀看起來和他差不多，長長的頭髮紮成馬尾，給人的第一印象就是很舒服。

郵件上還有其他文字訊息，也是李臨玥寫的——

有煩惱時候就出來玩吧，雖然不知道你最近有啥事情，但是你再繼續亂想，我就把阿因大哥哥是蘿莉控的事情告訴這位優質妹妹喔，打起精神吧>WO　你未來孩子的媽

不知道爲什麼，虞因突然笑出來，有那麼一瞬間，那種無力感似乎減少了很多。

把「去你的」三個字回傳給對方，他收起手機，看著漂亮的小庭院，然後抬頭看著清澈的天空，開始思考最近還是多少回應其他人外遊的邀約好了。

他想要做到更多、更多。

但是在這之前，他……

門鈴聲再度響起。

也不知道是今天的第幾次了，他有點煩躁地壓倒插在桌上的雕刻刀，站起身。

最近大概是有攝取其他食物和養分，所以稍微減輕猛然站起就會暈眩或貧血的症狀，但是就算如此，他還是對各種食物感到反胃。

吃一次、吐一次，那種噁心感無論如何也無法減輕。

他知道自己的各方面都出了很嚴重的問題，從那一天以後到現在未曾改變過，但是如果就這樣解脫掉，說不定對他是最好的，只是人類的生命之硬，往往超過任何人的預料。

打開門之後，看見的果然是最近進出很頻繁的人的臉。

煩躁，非常煩躁。

「你最近氣色看起來比較好。」提著沉重大袋子的黎子泓踏進門，自行關上門隔絕外面的噪音之後，才跟著走進客廳，「看來你有新鄰居。」

剛才到達時就看見另一戶進進出出地在搬東西，記得之前空了一陣子，應該是對夫妻檔，搬家公司送來的東西很多都是雙人的，而且挺年輕化。

「就算鄰居發生滅門血案也和我無關。」因爲搬家，早上他已經被按過三回合電鈴了，管理員、鄰居、搞錯戶的搬家公司，他已經快要忍耐到極限了。

「試著和鄰居打招呼如何？」提著袋子，黎子泓將買來的一些生活用品都放進廚房櫃子。一陣子沒來，櫃子裡又只剩下那些營養品，他可以確定學弟會把他買來的東西吃掉，但是吃進去多少就不得而知，只能盡量讓他有多少吃多少。幸好虞因和楊德丞他們也跟著接力來訪，東風的樣子已經比之前好很多了。

現在只能賭看看他會不會因爲懶得搬東西而繼續住下來。

「如果他們想要變成那一家的話。」無溫地回答著對方的話，東風將雕刻刀用力插進桌上的粗胚中，隱約被做出來的輪廓立即被毀壞殆盡。「你們可不可以不要再管我了。」

「你也可以選擇不幫虞因，不是嗎？」拿出已經空掉的維他命罐子，黎子泓嘆了口氣，接著再拿出更多罐子。

「……放著遲早會死不是嗎？」頓了一下，東風才意識到表露出過多關心，然後皺起眉，將手上的刀扔開，「我受夠你們這些人了，明天我就走。」

「如果我接手那件案子呢？」

東風停下起身的動作。

「我致電過你的父母，他們也希望你能夠對那件事釋懷，你有多久沒有回去看過他們？」走出廚房，黎子泓看著一室的灰土，「你會定時匯款回去，但是他們需要的不是錢，所有人都很擔心你自己在外面生活。」

「他們和我沒任何關係，沒有必要擔心什麼。」閉了閉眼，他轉過頭，看向這幾年來怎樣都罵不退的人，「我已經很累了，人遲早都要永遠休息的。那件案子已經沒有追訴的必要了，該得到公平的人都已經不在了，該給予公平的人也不會支持你追究，你又何必挖舊案自討苦吃，我只希望不要再被打擾。」

「我認為還有人沒得到應該給的交代。總之，答案遲早有一天會水落石出。」黎子泓筆直地看著對方，「我是因為這樣才就讀法學，你也是。」

「……隨便你，出去記得把門關好。」

趴在桌上，聽見後頭傳來的嘆息聲，然後是腳步聲，最後的關門聲隔絕了一切的聲音，室內再度恢復寂靜。

這世界上有很多事情無法盡如人意，即使擁有絕對的「對」，也不可能百分之百得到想要的結果。

他認爲鬼和人其實沒有什麼分別，不管是宋蕙純還是何仕俊都一樣。

因爲無法制裁，所以只能盡力地想要自己重視的人得到最好的幫助，即使自己已經失去了什麼也無所謂。

或許遙遠的某一天，他們的正義會到來。

他們重視的人會在保護之下，重新獲得更好的生活。

而，他們已經沒有身體，不具有會持續疼痛的心。

或許，某方面上，已經消失的「人」，比還存在的「人」能夠更快平復一切吧。

然而，已經沒有能退而求其次的重要存在呢？

那種人，還必須在世界上飄蕩多久？

——最後，你真的永遠地沉入泥土中。

——明年的這個時候，將會從最深的黑暗當中，向上迎著光開出最乾淨的花吧。

全書完

後記

【案簿錄小劇場】

護玄 繪

又到了新的一年了，在這邊先祝大家新年快樂。
這些年我們一起經歷了無數的風風雨雨。
還有兩次世界末日。
最後大家還是平安再相遇了。
謹以此祝大家新的一年平安健康，萬事如意。
未來也要更珍惜身邊的人事物喔！

末日倖存者們，勇敢開創人生吧！

命名（一）

雞肉乾，六個月剛入住。
咪～
……
給……
既然這麼喜歡
你就叫雞肉乾吧。

名字確定

命名（二）

小魚乾，兩個月剛入住。
偷偷摸摸
啪
這麼喜歡魚乾嗎？
臭小偷！鬆口！
葉大哥你真的超沒取名字的天分耶。
動物會恨你的
會嗎？

之後家中的主從地位也確認了

【護玄作品集】

兔俠系列 陸續出版

卷一～卷八

各種神奇之物降臨的年代，有一群身懷異能的人們，
秉持不同的正義，邁向各自的英雄之道……
但……這條道路卻是困難重重，除了要解決處刑者森林之王與
月神的糾紛、時時提防聯盟部隊的瘋狂追捕，還得裝蘿莉？
20歲熱血青年的變調英雄之路，於焉展開！

因與聿案簿錄系列（全八冊）

山貓　水漬　彩券　祕密
失去　不明　雙生　終結

奇幻靈異、驚悚推理、歡樂搞笑
無聲的紫眼少年與身懷陰陽眼的衝動派，
因與聿的不可思議事件簿。

案簿錄系列（全九冊）

殺意　惡鄰　掙扎　拼圖　承諾
渡客　寶箱　高塔　命途

奇幻靈異、驚悚推理，最熟悉也最新鮮的案簿錄！
繼【因與聿】系列後，期待度NO.1的【案簿錄】系列。
原班人馬加上陸續出場的新角色，更添有趣互動；
新的故事主軸，將故事擴展至其他人氣角色。

異動之刻系列（全十冊）

輕鬆詼諧．全新奇幻
喪禮追思會上，一個個散發異樣感覺的人物接連出現……
喪禮之後，地下室竟無端冒出了吸血鬼公爵。
不會吧！住了十幾年的家原來是個大鬼屋……
17歲高中生開始了他的奇妙人生！

特殊傳說 新版 陸續出版

既爆笑又刺激的冒險，既青春又嗨翻天的故事設定!!
《特殊傳說》是一部揉合眾多奇幻梗更加上獨特構想的故事。作者筆下的迷人角色、明快的鋪陳、詼諧又緊湊的劇情，帶來閱讀的全新體驗。陸續展開的不可思議校園生活加上各個角色尋找自我與逐漸成長的過程，讓人翻開故事，便一頭栽入這屬於我們的特殊傳說！

國家圖書館出版品預行編目資料

掙扎／護玄 著.——初版. ——台北市：蓋亞文化，2013.02 面； 公分.（案簿錄：3） ISBN 978-986-319-031-8（平裝）	
857.7	101026267

悅讀館 RE311

案簿錄 參

掙扎

作者／護玄
插畫／AKRU　封面設計／克里斯
出版社／蓋亞文化有限公司
地址◎ 台北市103承德路二段75巷35號1樓
電話◎（02）25585438　傳眞◎（02）25585439
部落格◎ gaeabooks.pixnet.net/blog
臉書◎ www.facebook.com/Gaeabooks
電子信箱◎ gaea@gaeabooks.com.tw
投稿信箱◎ editor@gaeabooks.com.tw
郵撥帳號◎ 19769541　戶名：蓋亞文化有限公司
法律顧問／宇達經貿法律事務所
總經銷／聯合發行股份有限公司
地址◎ 新北市新店區寶橋路二三五巷六弄六號二樓
電話◎（02）29178022　傳眞◎（02）29156275
港澳地區／一代匯集
地址◎ 九龍旺角塘尾道64號龍駒企業大廈10樓B&D室
電話◎（852）2783-8102　傳眞◎（852）2396-0050
初版三刷／2022年1月
定價／新台幣 240 元
Printed in Taiwan

GAEA　ISBN／978-986-319-031-8

GAEA

GAEA